陈年喜

微尘

著

天津出版传媒集团

天津人民出版社

果麦文化 出品

序

　　"我见过的不幸太多了，从来没有沮丧过。"做过十六年矿山爆破工的陈年喜，在书中写道。这一行业的劳动者，走遍荒山野岭，在烟尘和轰鸣中谋生。虽然工作艰苦而危险，但他们并不畏惧，以勇于战胜困难的精神，去憧憬、追求幸福的生活。

　　陈年喜以凝练的笔触，书写普通工人的亲情、爱情、友情，读来感动、感慨、感怀。他的语言非常节制，隐忍的风趣、含泪的幽默，让人回味沉思。他的叙述也很有特点，动用了小说写作手法，有"小说体散文"的明显特征。很少的字、句，却能把复杂的事情讲得非常清晰，不动声色地打破了散文写作的边界。

　　最令人赞叹的是，陈年喜摒弃了散文文体一贯存在的自我抒情，把"我"非常巧妙地"隐藏"起来，专注于在"说事"基础上说"人"。每篇文章都给读者以"出其不意"的感觉。讲述一件事情，不是孤立地就事论事，而是伴有历史感、岁月感和知识性，并且非常自然地糅进文章中，融为一体，没有丝毫的违和感。其中《一个人的炸药史》尤显水准，语言、叙述、描写俱佳。

同时，书中"人物素描"的文章，也令人印象深刻。《我的朋友周大明》，把人写"活"了，而且语言颇为老到，读起来引人入胜，颇有汪曾祺文字的滋味；文末写死亡，写得忧伤、感人，但又不颓废，让人欲哭无泪。

散文集《微尘》的每一篇文章，都犹如陈年喜在矿山巷道中爆破下的一块块岩石，外表粗粝斑驳，却又饱含温度，令人掩卷沉思。

武歆

二〇二一年三月三十日

自序

二○一五年四月，在西安交大一附院，我接受了一场攸关生死的手术，在颈椎的第四、五、六节处植入了一块金属固件。至此，我不得不离开矿山，与十六年生死飘摇的爆破生活告别。

两年后，经人介绍，我到了贵州一家旅游企业做文案工作。同样是打工，性质与心境却有了种种不同，不同之一，就是一颗终日紧绷的心终于松懈了下来，像一只一直高速转动的陀螺，头上突然没有了呼啸的鞭影。更深层的是，中年日暮，身心俱疲，人生至此似乎再无多余念想。

然而，往事并不如烟，在异乡孤独的晨昏，在生活转动的一个又一个间隙，我总是常常回望那些或平淡或惊心动魄的过去，回望已经消失或正在消失的风雨、朋友与亲人。那些烟云般的往事，那些烟云里升腾跌宕的人影，在我醒来与睡去的光影里交织、缠绕，无论我怎样努力去忘却，它们都已深深镶嵌于我生命当中。有一天，我突然想，我该用笔去记录下它们。

大半生的漂泊与动荡，山南漠北，地下地上，一个人独对荒野与夕阳，我早成失语之人。然而，没有哪次写作可以像写下书中的这些文字这般欢畅，不需构思，不需琢磨，它们像爆破发生时飞散起来的石头和声波，碰撞飞舞，铺天盖地，完全将我湮没了。世事风尘，当这些尘埃再次升腾弥漫开来时，它已改变了当初的色谱与成分。记忆具有变异性、欺骗性，我需要努力地去把握，去最大程度地识辨和还原，与细节争辩，与时间对峙，如临深渊。这些文字间，少有喧声与跌宕，少有悲喜与歌哭，只有硝烟散去后的沉默、飘荡、无迹。同时，它也打开了另一条通道、另一扇门，有形的、无形的。

世界是什么样子？生活是什么样子？我的感觉里，除了绵长、无处不在的风，其余都是尘埃，我们在其中奔突，努力站稳，但更多的时候是东倒西歪，身不由己。祖先是，我们是，子孙们也将是。这些文字里，我努力记录下了其中的一部分。这是一本生命的书，也是死亡的书，归根到底，是一本生活的书。世界永远存在 A 面与 B 面，尘埃飘荡，有时落在这面，有时落在那面。

两年后的今天，开始整理这些文字的时候，正值六月，骄阳与雨水在天，峡河在窗外的山脚下静静西流。世上之物，唯有流水是最真实的，它的渺小与盛大，一泻千里与涓涓无形，信马由缰与身不由己，它的黑夜与白昼，来路与去处，不能伪饰。

生命是另一条水流，欣与悲，真与伪，困顿与得意，跌宕与奔流，对事物的追赶与赋形，也是真实的，有河床和风物做证。

在那场重要的手术中，有一个情节让我永生难忘，在手术前一天，拥挤的医生办公室里，主治医生把一沓协议摆到我面前。它雪白、冰冷、威严，有三十多个空项。大部分内容医生早已交代，我也早有思量，但在选择材料一栏，我踌躇了又踌躇，国产件一万一千元，进口件三万八千元。这是一款用于固定椎体的小小金属件，它们的价格竟相去天壤，而且协议标示，进口件不在新农合报销范围。

没有人知道，我那一刻的犹豫是对未来生活无力无知的犹豫。对于弱小者来说，生活下去的无望，比死亡更让人恐惧。

医生说："能用进口的就选择进口的吧，你还年轻。有身体就还有机会。"

爱人说："用最放心的，开了大半辈子矿，也就这么一点点用到自己身上。"

那一刻我突然无限感慨：说不定它们是经过我或我的同行的爆破，走出地下世界的某块矿石，被运送到遥远彼岸，经过冶炼、加工，变成医疗用品，再渡重洋，带着资本的属性成为我身体的一部分。它们无言，但我们早已认识。它们以这样的方式，作为对一个爆破者的回报。这是一个多么戏剧性的轮回啊！

写作与整理中，我常想，回到笔下的这些文字，就是另一块轮回的金属部件吧，我能做的是拒绝它金属本质之外的成分。

于我，这些文字，是时间风尘的证词，是对消失的、存在的事物的祭奠，是对卑微之物的重新打量。逝水流远，长忆当歌，献予逝者与生者，献予消失的、到来的无尽命运和岁月。

又一个年景即将走到尽头，生命的枝叶从身上纷落，如南山的秋景，少年成人，长者衰老。某天早晨醒来，想起一句话："老兵不死，只有慢慢凋零。"突然泪目。是啊！文学不死，让所有人在命运里相遇。

这一年，许多人、许多事都发生了深切的变化，我们家也受益于易地扶贫搬迁政策，从高山搬进城里，开启新的生活。

时间的意义布满生命和地理，它寒冷又温暖。我携文字来过了，并将继续前行。

山河表里潼关路，有字为证。

陈年喜

二〇二〇年十月十八日

目
录

我的朋友周大明

蔚为大观的面食，在豫陕之地的一日三餐中吃出了气象和境界。花样百出的面食里，尤以馍最为丰饶而普及。馍里，以肉夹馍最为沉实厚重，它似饼似馍又非饼非馍，早已自成体系。据说，顺着它的演进脉络往深处走，可以从长安沿河西走廊走到遥远的西域，直达历史深处的胡尘马嘶。

灵宝市弘农路大凤肉夹馍店，每天早餐的队伍曲里拐弯排到几十米长，听说这家店每天要夹出三头猪。豫晋陕交界处，这座豫西最西边的县级市小城，老子乘青牛出关的地方，被西秦岭丰饶的金矿资源一夜喂饱了钱包。以黄金命名的旅馆、酒店、小区甚至私宅，如二月花蕾在风中晃眼。隔三岔五，周大明会开着那辆黑色、狂野的吉普，带着一家人和我到这里大吃一顿肉夹馍，佐配的是正宗逍遥镇胡辣汤。馍饱汤足之后，我们发动起功率无边的悍骏烈马，吹着口哨往回走。起自黄河的风或雾擦得车身嗖嗖地响，不断把无边风物抛向车后。大道两边果园里的春花、秋果，赶集的鲜衣怒马的男女，蜂恋蝶舞浩荡风流。那是多么快意的时光和人生啊！

一

二〇〇五年，我三十五岁，那时候还年轻，充满野心和生气。那时候的空气远没有现在这样沉重，电影和小说满是励志的情节：高考落榜了，回到广阔天地大有作为，或者城里姑娘嫁到乡下，田园美好，欢天喜地。

我和周大明就相识于这一年春天。我们年龄相仿，志趣相投，见面时喜欢喝一杯，吹吹前事旧闻，说说发生在身边的好事坏事，打发多余又不多余的时间。区别是，他基本算得上一位老板，已经挣得盆满钵满，而我近于赤贫，空有一副好身手。好在作为朋友，一些身外的东西可以忽略不计。

那时候我已经在爆破工行业干了多年，干这个工种的人那会儿远没有现在这么多，算稀缺人才，受老板器重，几个人开独立小灶，常有鸡鱼和烟酒福利。那正是西秦岭金矿开发的鼎盛期，深部开采远没有开始，金脉常常露出地表，随便找几个工人，凑台机器就能打出高品位的矿石来。华山至苍珠峰之间二百里秦岭两坡遍地流金，多少原来没裤子穿的人很快开上了宝马。

器重归器重，但工资并不高，吃喝加上无聊时的小赌，每月下来，也落不下多少钱。时间长了，人熟了，就学别人买点矿石拉下山自己加工，聊补酒钱和家用，因此认识了周大明。

周大明的村子叫月亮沟，百十口人，跟月亮没半点儿关系。晚上月亮出来，山高月遥，该照几个时辰还照几个时辰。从山上望下去倒是十分好看，一张煎饼摊开在山坳里，人烟如同撒落的葱花点点分布。要说跟村子密切的就是金子。近水楼台先得月，月亮沟家家户户都搞黄金矿石提炼加工，据他们自己说，祖上就干这份营生，早些年曾为闯王炼过金。当然，现在的方法更高效——氰化钠浸化。

周大明家有三台生铁碾子，一台三十吨，另外两台各十五吨。我弄不清这个吨位，是碾子的重量，还是它二十四小时的吞矿量，反正都异常雄壮、沉重。三台机器同时转动起来，惊天动地，房屋颤抖，面对面说话得用手势帮忙。三个浸化池，在后院里一字排开。碾子、池子一年四季不闲着，除了自己买矿石加工，也加工来料，收取加工费。因为用水量很大，整个院子总是湿汪汪的，混合着药剂的水流出院子，顺着排水沟泛着白沫一直流到村前的小河里，然后汇入洛河，最后混迹于滚滚黄河的波涛和流沙。

周大明比我年长一岁还是两岁，记不大清了。记得清的是他的微胖，有点儿克隆版某著名乒乓球教练的味道，大眼厚唇，仗义执言，性子有些急躁。那天我把一吉普车矿石拉进院子，他隔着车窗玻璃一声大叫："好矿、好矿啊！"喊得我一高兴，跳下车给了他一脚奖励。

我当然知道这是一等一的好矿。得到它的曲折过程，可以拍半部传奇电影。

我干活儿的地方叫杨寨，为什么叫杨寨，没有人知道，既没有杨姓人家，也没有石墙土寨。有一说是李自成兵败潼关，养精蓄锐再起时，一位杨姓将领在这里屯兵炼金。是不是妄传不得而知，西秦岭有着久远的采金历史倒是事实，那山上随处可见的古采矿坑就是活证。这些废坑聚满了水，绿汪汪的，不知深浅，淹死过不少大意的人和野物。

那时候秦岭已被从南到北多处打穿，那九曲回肠的矿洞巷道成了通途，来往的人们再不用遭受翻山越岭的艰难。一时间，山上人流如蚁，矿工、包头、小贩、护矿队、盗矿贼、不知根底的人、无家可归的人，多不胜数。我购买的这些矿石来自一个著名的盗矿团队，它们盗自一个著名矿坑的著名采场。因为这一吨多矿石，盗矿和护矿的年轻人们发生了一场残酷的血拼，真可谓血浸的黄金。

那时候这样的血拼事件经常发生，每个洞口都有护矿队，势力强大的坑口有猎枪，单筒、双筒、五连发、七连发都有。盗矿贼如同打游击，神出鬼没，游而不击，一击必得。他们武器寒碜，只有砍刀和木棍，或者一支塑料假枪，但有足够的耐心、狡猾和凶狠。

那天，他们两个人带着我，把矿石从一个大坑里刨出来，一手交钱一手交货，过程诡谲又紧张，显然还有人在放风。这是他们经常藏匿矿石的一个地点，如果被人发现，以后的事就不好办了。盗矿人与盗矿人之间也经常互吃，偷挖墙脚。所谓盗亦有道，大概只存在于书本里，或者特殊的时代吧。

二

矿石先经过破石机器粉碎，再经过碾槽注水碾压成细浆，这个过程简单，复杂的是浸化。浸化最复杂的是药品配兑，技术不到位，药剂重了轻了，都会血本无归。周大明两口子都堪称配药高手，矿渣在两指间一搓，金多少，银多少，铜多少，锌多少，比化验室都准。接下来的药剂投入，不需工具计量，全凭手感。同样的矿石，他家总是比别人家多出成品。

院子里的空气里总是弥漫着重重的药剂味。一种淡淡的、苦杏仁味的暗香在其中弥散，仿佛北风里的一股细柔轻风，有点儿刺鼻，有些沁心。这是氰化物的味道。

一吨半矿石，大明给安排了二十小时的碾压时间，铁轮滚滚，池水激荡，两口子亲自碎矿、喂矿、调水、添药。矿块、矿渣，最后变成细若面浆的矿末，为的是把金子毫无遗漏地选拔出来。再经过浸化，最后得到金子五百四十克。当时离月亮沟不远的小镇上布满大大小小的金店，店主们来自福建、湖南、江西、广东，他们许多人祖祖辈辈从事的就是淘金、收金营生，只是价格略低于银行柜台。每克市价一百元，这一回共卖得五万四千元。一捆捆的现金装在黑塑料袋里，不敢提着走，大明把车开得风驰电掣。

出售金子的那一刻我特别紧张，一方面怕被店家坑了，一方面怕突然遭抢劫，这样的事天天都有，没有人不怕。我在门口观察情况，大明和店主讨价还价。鉴定金子成色的方法叫打签法，将金子在一块什么石头上面擦一下，用十根不同颜色的金属签子比对。"七青八黄九带赤。"店主嘴里念念有词，戴一副眼镜，精瘦，格外让人不放心。你来我往，面红耳赤，最后终于搞定。拿了钱出门的时候，我悄悄问大明怕不怕？他咧嘴一笑，不怕，拍了拍腰间，有它呢。那是一把锉刀。同时，我看见了他额上细细的汗粒。

这是我三十五年人生里最大的一笔收入。感谢矿石，更感谢大明，我看着他夫妻俩兑药、投药、锌丝置换、高温排汞、烧杯排杂，最后，随着高温的金锭在冷水里哧的一声，白雾散尽，变成一坨黄澄澄的纯金。

为了今后行动方便，我买了一辆摩托车，嘉陵150，深红色，动力强劲。除了下山方便，也用于上班洞内骑乘。

高品位的矿石总是有限的，此后再也没有碰到上好的矿石。各个洞口的管理也越来越严了，就算有，已经再难被偷盗出来了。在一家诊所，我亲眼看见被霰弹击伤屁股的偷矿人让医生剥离枪弹。那碎小的铅质枪弹每出来一颗，受伤者就"妈呀"一声。

我那时候的工作主要是巷道掘进，按照图纸要求向某个目标爆破掘进，或沿着某个山形脉线向未知的前方爆破掘进。有时候会突然碰到一条短命的矿脉，欢天喜地中一茬炮爆过又没有了。

总之，在周大明家里的炼金经历是第一次，差不多也是最后一次，其间小干几票，都以赔钱而告终。此后，十余年矿山生涯里，山南水北，漫天野地，再也没有碰到过这样的好事情了。

三

二〇〇六年春天，我辗转到了另外一个矿区，与大明联系渐稀。

新矿坑几乎处在一座山的山顶，信号不通，打电话要翻过杂树丛生的山巅，在山那边，可以接收到陕西移动断断续续的信号。道路不通，生活、生产资料需用骡子驮运。摩托车已经无用，我把它寄放在了大明家。

和周大明的再次相聚是该年秋天，不在别处，就在我工作的矿坑。

　　金矿石的分布结构有一个特点，即越接近地表的位置矿石品位越高，几千米深处的矿体少有高品位的。矿老板中间流行一句行话："十个开矿的，九个砸锅的。"说的就是违背矿体分布规律的盲干结局。一开始，得到矿石很容易，品位也有保证；待到后期，钱多了心大了，倾家荡产打到深部，十有九个赔得一塌糊涂，立时宝马换成赤脚。

　　我正为之打工的老板很聪明，或者说运气很好，坑洞矿石很富，品位高到肉眼经常可以在矿体上发现明金颗粒。工人们练出了火眼金睛，把金粒砸下来，藏在帽子里带出去，用矿泉水瓶子偷偷带到山下换东西。一双袜子，一双水鞋，或者一顿酒肉。没有经验的工人，吐一口唾液在似是而非的矿体上，不变色的就是金粒，变了色的就是硫粒。这个方法十分有效。这个试金的方法后来被我带到了全国很多地方，屡试不爽。

　　矿石的运输成了最大的问题，用骡子一站一站转运下山去，高昂的费用几乎让矿石的价值化为乌有，又经常发生连牲口带矿石摔下山崖的事故。老板尝试了架高空索道，因为山势过于陡峭，飞驰的矿斗成了投弹运动，卷扬机、刹车片一天一换，成本根本无力消受。最后，老板决定就地消化，上碾选设备。那时候，很多的坑口都在这么干，不同的只是隐蔽手段。

不知怎么就找到了周大明，老板高薪聘请他做了选金负责人。大明问过我："是不是你干的好事？"问得我一脸雾气，要怪也只能怪他在这个行业的名气传得太远，也更怪他太好面子。

爆破工负责在洞内选址，开辟安装设备的场地，其余工人全部放下原来的活路，往山上运输沉重的设备。机器被拆整为零，拆不开的碾盘用气焊分割成八瓣，安装时再焊接起来。大明全权负责起这项工作，家里的事交由妻子负责。他的一双可爱儿女正好开始上小学。

一天早上，天下起了雨，是突然的暴雨。按说这个季节还不是下暴雨的时候，但山高云乱，雨和雪都很少按规矩出牌。雨下得急，水就无处流，都渗进了洞子里。我进洞上班，看见大明用安全帽往塑料桶里舀水。即将安装设备的地方地势低洼，水都聚在了那儿。头顶上的小水流像布帘一样，这是岩石出现了破碎带，无法承受雨水的压力。他舀满了一桶又一桶，然后用一辆架子车推出洞口倒掉。他在大幅度弯腰时，背上的衣服会自动向背部卷起来，我发现他腰间一条红艳艳的带子，二寸宽窄，图案显然是手工绘制的。它崭新、鲜艳，有一行金线绣字：日日平安。我无法知道大明和爱人的情感生活，但我猜得出，他这次远行，夫妻俩一定经过了长时间的犹豫和挣扎。

安装，调试，各种化学药料齐备。一个月后，五脏俱全的小小选炼厂正式开工运转了。

我每天工作的地方在选炼车间的后面，随着开掘的推进，与碾房渐行渐远。但是上下班途中必须经过这里。大明很少出洞，他昼夜守在这里。洞内太湿，他床下面二十四小时开着一只电炉子，驱潮和加热外面送进来的饭菜。我们有时聊上一阵，互相递一支烟，或一句话没有，交流一下眼神。我发现他经常咳嗽，脸色发白，猜想可能是烟抽太多了。

巨大的机器声震动得头顶的岩石不知啥时候就会落下一片来。场地空间狭窄，空气的味道十分糟糕，烧碱味、生石灰味、机油味、盐酸硝酸配制的"王水"的味道铺天盖地无所不在。中间一丝淡淡的、沁心的苦杏仁味道，飘忽、游荡，宛若烟雾在空气里缱绻。那是氰化物的味道。这些混合气味刺激得让人不敢久停。

四

小伍是周大明的徒弟，说白了，就是打下手的。本来老板为大明配了助手，干了两个月，什么也没学会，不是把药料配大了，就是配小了。这一大一小不要紧，金子就没了，几十吨矿石选下来，汞板干干净净的，一丝金子都没有。老板一怒之下，把人给赶走了。老板之所以赶走那人，还有另外一个原因——监视不力。那人是老板的亲戚。选矿，相当于劳师远征，将在外，许多事可以自行处理。那人，相当于监军。

小伍是大明同村的，叫小伍，其实也不小了，小的只是个头儿。站在轰轰烈烈的碾盘后，只露出半个头，碾轮滚滚，溅出的砂浆喷他一脸。

说起来，小伍还要长大明一辈，没人的时候，大明叫小伍叔。"叔，去把汞瓶拿过来，双手可抱紧了。"小伍就把装了汞的玻璃瓶抱过来。"叔，今晚你值后班。"小伍就上了床睡下，准备后半夜起来值班。

小伍不笨，甚至有些精灵，但家里穷。人穷的原因很多，懒算一个，傻算一个，小伍都不占。据大明说，是不走运。小伍家也干矿石加工，规模还做得特别大，除了两台十五吨的碾子，还有一台巨无霸的生铁碾子，这在当时村子是盖了帽儿的，那家伙日吞矿石五十吨。他家的设备，论能力，相当于一个小型选炼厂。

事情就坏在这台五十吨的生铁碾子上。

碾子粗糙，工作频率高，一转起来，十天半月都停不下来，一旦停下来，就要检修，比如碾槽漏了，轴承坏了，传动轴变形了。这一天，机械师傅给碾槽补漏，补漏就是给碾槽底座补水泥。碾槽漏了不是小事，影响金子回收。师傅是四川人，个子小，加上碾帮太高，人蹲在里面工作时，外面的人什么也看不到。碾子的动力是电，闸在外面的墙上。另一位师傅从外面回来，看到大碾子停了，心想怎么回事，就推了一下电闸。这一推，补漏的师傅就变成了肉泥。结果，自然是由小伍家来埋单，家里积蓄一下赔个精光。

选矿的工作是个良心活儿，别人不能参与，老板又不能时时在旁边，汞、金子都值钱得很，向上缴不缴，缴多少，全在选金人手上。尤其是提炼出的汞金块，有十克的、七八十克的、一百多克的，一疙瘩一疙瘩的，随便放在一个地方，常常选金人也没个数。那东西值钱，但有毒，一般人也不愿碰。汞金就由小伍保管。

老板也不愿一直待在山上，十天半月上山一回，开着大奔，带一个年轻姑娘。看看各工作面的进度，再就是把选出的汞金带下山再精炼。

有一天，老板大发雷霆，说有人贪污了金子，理由是这半个月选出的金子还没有往日的一半多。虽没有指明是谁，但又明明指向了两人。

结果是小伍被辞退，扣了全部的工资。周大明始终没有弄清到底贪没贪金子，是谁贪的，贪了多少。他过意不去，从自己工资里给小伍拿了五千元，又买了一壶菜籽油。

后来听人说，小伍在金店卖过金子，给自己买了辆三轮车，到黄河拉沙子去了。

五

偶尔停电的时候，或者材料跟不上的时候，我就邀约大明翻过山头到那边打电话，给朋友，给家人，给见过和没见过面的人。从电话里，我们知道了有人走了，有人还在，有些人富了，有些人还在挣扎中，知道了不管人在不在，富了还是穷着，生活都在往前走。而它下一步走向哪里，没有一个人知道。

山下那遥远的灰蒙蒙的人烟集中地，就是陈耳镇，那里离我家乡不远了。我把我家的方向指给大明看，看得他唏嘘不已。我知道，这唏嘘里也有他自己命运的悲愁。矿石选炼的结果非常有成效，老板三天两头下山卖金子，也三天两头给他加工资。大明也好久没有回家了。

这里是秦岭向东北的最后余响，在离这里不到二十里远的苍珠峰群岭，余响戛然而止。这一段秦岭拔地而起，把陕豫分隔开来。向更远的地方看，苍山如涛，驼形的山影直铺到天际。眼前野草无涯，开着只有高海拔地方独有的小花，颜色纷杂，粉白、艳红，经久不败。向下的山路上骡队行走着，骡蹄嘚嘚，赶骡人的吆喝声像一支长长的歌调。

时间如奔马，不停蹄地跑着，跑过春，又跑过冬。一切，都落在它的后面，只有突然的不幸，比它更快。

二〇〇八年八月，再见到大明时，他整个人已经不行了，这时他已离开了矿洞，重新经营起家里的碾房。他瘦得皮包骨头，身材显得又高又弯。长期的浸化冶炼提金，氰化物与汞的毒性浸入他的身体，像一棵再也拔不出来的芦苇，根须扎满塘底。这是大多数炼金人无可逃避的一天，只是没有料到它来得如此凶猛，来得这么有力。我曾亲眼见过一头从山上下来渴极了的牛误饮了浸化池的水，一瞬间直挺挺地倒下，死不瞑目。

过度的虚弱，让他走路已十分困难，呼吸受阻，脸色发紫。家里十几年的积蓄已经花光，两个孩子辍学在家，所有的生活重担压向了他的妻子。这个善良的女人有一股单纯的坚强。对于无数女人来说，坚强不过是一种掩饰，只有大明的妻子不是。我去过她的老家，那是一段黄泛区的岸边，黄土无边，出产酸枣和流沙。

这期间，我辗转甘肃、青海、宁夏，以及新疆喀什的叶尔羌河源头，一事无成。不得已，重新回到出发的地方，在一个叫大青沟的地方，再次找了一份活儿。此时，整个秦岭金矿发展形势早成明日黄花，有实力的老板们强强联手，开始了深部开采。坑口直接选择在村庄或公路边。高处的坑口十有八九枯竭停掉。我工作的工作面已经掘进到万米，上下班有专用三轮车接送。接近四十度的地热逼得工人们走马灯似的更换。我们每天在工作中，要喝下一塑料壶冷水才不致虚脱。

这个时候，大明家早已无矿加工，整个村子也难见转动的机器了。三台碾子的铁轮锈迹斑驳，碾池里的水一层红锈，像铺上了一片破旧不堪的红绸。浓重的药料味依旧在，苍蝇也很少光顾。

挨到十月，大明终于撒手走了。那天我从矿上下来，从床上抱起他，像抱起一个婴儿。我闻到他身体里散发出一股苦杏仁的香味，淡淡的，刺鼻、沁心。在盖上棺盖之后依然不散，似乎是透过了厚厚木板渗漏了出来。

那天，村干部送来了五千元安抚费，用以安葬。可这么多年，大明他们上交了多少钱，只有天知道。

家里已经请不起像样的乐队，那天，纸钱零落，喇叭声咽。

六

二〇一〇年冬天，我到了内蒙古包头固阳县某地，在一个现在都叫不出名字的地方开凿竖井。据资料显示，地表下一百米处有金矿，并且储量丰富，足够十年开采。矿井不远，日选五百吨规模的选炼厂正同步建设。谁也没有理由怀疑不久的某天这里将日进斗金，因为离这里不远的地方，那条又长又宽的季节河床上，几十台淘金设备正在日夜火热工作中。来自南方的贩金人就在河边的村子里安营扎寨。

一天，和矿工程部的老乡去县城购工程材料。皮卡载着四个大汉在旷野中飞奔。北风浩荡，平野千里。我看见路过的某地遍地的浸堆，每个堆只能用万吨计。卡车拉着整桶的药剂来来往往，黄尘飞上高高的远空。

我们从车上下来，在一个浸堆旁观看。这么大规模的浸堆从来没有见过，它长宽都在百十米开外，一米多的厚度，像一个巨大的建筑遗址。已经配好药料的浸堆正在慢慢向置换箱流液，经过若干程序后，将收集出一坨坨黄澄澄的金子，一些浸堆正在下料、注水。

一个人从浸堆上走过来，远远喊了我一声，是大明的妻子！

我看见风吹起她火红的羽绒外套，仿佛一片火云，飘飘荡荡。近了，她似乎并没有老，稍稍微瘦，眼角那颗朱砂痣更显眼了，但头上已见白发。我闻到她身体里淡淡的苦杏仁香，像一股细柔的轻风，在粗粝的朔风里飘荡、逸散。那样不易捕捉，又分明无限浓烈。它与多年前大明身上的苦杏仁味纠缠、重合在一起，一直飘荡到八年后的绥阳郊外这个细雨霏霏的黄昏。

那一年，在秦岭黑山

　　二〇一二年秋天，在秦岭河南段一个叫黑山的矿区，我和一群老乡工作了两个月。黑山是秦岭西峰华山以东，海拔高度近于老鸹岔的区域，有资料显示高两千一百米，植物只绿四个月，每年大部分时间里树木植被呈黑褐色，故名黑山。它的北面是陕西洛南县陈耳镇，南面是河南灵宝市豫灵镇，平地拔起一堵屏障，陕豫由此分隔。金矿开采在这里已有数百年历史，传说李自成兵败潼关商洛养锐时曾开掘采金，为后来东山再起蓄下军资。一九八〇年至二〇一〇年三十年间，秦岭在此被数度打穿，造就出许多亿万富翁，也使无数人倾家无归。如今资源枯竭，这里已成一片废墟。日升日落，雾断云续，唯有群峰苍茫如幕。

一

　　大巴整整走了十二个小时。

早晨上车时，凌晨四点整，天还没有亮，天空中星星点点如豆。中秋刚过几天，空气已显出冷意。小镇上的人们大多还在睡梦中，偶有亮起的窗户，有大人起来为上学的孩子准备早餐了。

这是我的家乡小镇峦庄镇。它离我老家的村子有二十里。我们是步行赶过来的，走得太急，个个汗水淋漓。赵大头他们几个人，昨晚先过来了，在小旅馆住着，这会儿倒显得哆哆嗦嗦的。

这是我们经常的出行方式，十几年间，这样的场景一幕幕循环往复，而负担长途客运的大巴换了几回颜色与车主。

下车时，大家的脚都有些发胀，踏在地上，使不上力的感觉，趔趔趄趄，头也有点儿晕乎，耳道胀疼。一路翻山越岭，车太颠簸了。大巴丢下一堆人继续向前，距终点还有五十里，那里是灵宝市朱阳镇。我们开始翻山。这是通往此行目的地黑山的唯一近路，相比另一条容易些的大路，可以节省一天时间和八十元车费。

这里叫庙嘴，一个弹丸小村子。紧依山脚，开着几家饭店和几家小旅馆。看得出，它们因矿山需求而生，这里是最后的中转站，来去的人们在此停顿或出发。

秦岭就在眼前。远眺峰岭，影影绰绰，犬牙交错。凭经验判断，距离应该不近。已经是下午四点半，天光留给我们八个人的时间不多了。

这里是秦岭北坡，秋天来得比山下要早一个节拍。杂草正枯，树木差不多已落光了叶子，只有坚韧的青杠树还顶着一头枯黄，一阵风，摘下几片，再一阵风，再摘下几片。越往上，树木越稀少，一律向下倾斜着身子，这是长期风力和雨雪的结果，高山的风是由上往下刮的，雨雪也是由山顶向山下铺展的。而杂草和小灌木反倒随山势更加茂密，高山特有的小野花一片一片，开满了山坡、路边。

道路盘旋蜿蜒，忽东忽西，路途因而被无限拉长，山体实在太陡峭了。不远一段，就有一个矿坑，有的还在生产，有的荒废多年，渣坡上已生出杂草树木。生产着的矿口一律铺着长长的铁轨，灯泡下，它们向山体里延伸，仿佛永无尽头。污浊的流水、矿车、工人，从那一端流出来。

驮运矿石的骡队从山顶嘚嘚地下来，有的高大，有的瘦小，腰身一律被装矿石的袋子压成深深的凹形。常年如一日地驮运，铁掌把小路开凿出一道深槽，有的达半人深。险峻陡峭的地方，下面是万丈深壑，赶骡人在这里要紧紧抓住牲口的缰绳，以防连骡带矿跌落下去。

八个人都走得大汗淋漓。开始时，相互还开着玩笑，打嘴仗、吃东西，渐渐地，越走话就越少，个个都老实了。力气要用在腿上，大家沉默不语，只有脚步声与呼呼的喘气声。赵大头虚胖，走得东倒西歪，索性把背包甩给了延安。延安老家的黄土高坡上出苹果，年年往坡下扛苹果箱，扛出了一身蛮力。

终于到达山顶了。

这是一个垭口，仿佛刀劈开的一道石门，只是少了一道门楣。前方就是河南地界。苍山无涯，雪白的裸崖仿佛从天空垂下来的瀑布。太阳快要落山了，金色的余晖打在我们汗淋淋的脸上、身上、小路的石子上。岭下不远处就有洞口，可以听到机器声隐约不绝。有人远远地向岭头上眺望着。

回身后望，庙嘴村小得仿佛乌有。那里，暮色正在落下。骡队收工了，赶骡人的吆喝声、骡铃声，一点点低下去、低下去。

二

坑口叫黑山十八坑。

这是一个濒临废弃的洞口，工棚东倒西歪，机器锈迹斑驳，从洞里流出的水异常清冽，它汪汪汩汩，在渣坡下边的岩根与别的洞口污浊的流水汇合，向山下流去，最后归于黄河。显然，这里已经很久没有生产了。

老板早已在洞口等着我们。他一口外地口音，显然不是当地人，也不是陕西人，这种口音此前听过很多，它吸纳掺杂了太多成分。他五十岁上下，有些胖，头发稀疏。加上炊事员，他们一共五人。攀谈中，知道他是河北保定人，以前开过铁矿。他也不是真正的老板，从矿主手里以每年四十万元的价格将坑口承包过来，只能算包工头。

一间蒙上了新的彩条布的工棚是我们的新家，虽然霉味浓重，还算宽敞、干净，床板上已经铺上了新被。一溜儿长铺，正好可以睡八个人。单间里有一张桌子，铺着一张塑料布，桌上、地上散落着麻将牌。上一拨儿人留下了一圈没有打完的麻将。

吃饭。没有什么比疲惫与饥饿时的饭菜具有更大的召唤力，更能慰藉人了。

早晨推开门，地上、石头上、树上落了一层薄霜。这里，秋天已显出杀气，早起的赶路人嘴上呼出一团白气来。

早饭正在做着，炒菜的热气从棚顶飘出来，被附近洞口的一阵阵爆破声震得一抖一抖，变成一段一段，仿佛被快刀腰斩了几回。老板说，先开一个会。

我们才知道，洞口是今年四月承包过来的，半年过去了，一直找不到工人。老板着急了，天天催促工头上马。着急的原因是上下左右的坑口都打出了新矿脉，有的矿体品位还相当高，量相当大。再错过机会，坑口就要彻底报废了，因为整个黑山山体里的实体部分已经不多了，每天都在互相打穿。

"肉要大家吃，我们按五五分成，打出来的矿石，拉下山去选炼，收入一人一半。爆破材料、电费、生活费、矿石运输费、选矿费，在你们那五成里扣除。"胖胖的工头说，"你们不要小看这五成，打出了一窝好矿石，发财就是一夜间的事情。别的坑口都是三七分呢。"

我们知道，这就叫打分成，老板的坑口，工人的劳动，双方都冒一把险。在矿山，这是普遍的经营方式。也的确有发财的人，打出一窝高品位矿石来，一场活儿干下来，开上了小车、盖了新房。当然，更多的是空手无归。

离家时，老板电话中已经把条件说得很清楚了，这会儿不过是再重复一遍而已。大家都没有异议，但干不干、怎么干，还得进洞看情况。事到紧要处，所有人都有些凝重。这种活儿，一旦上手，中途很难再退出来，挣也罢，赔也罢，都得硬着头皮干到底。重要的一条是，没有谁来承担安全风险，所有的意外结果都需要自己消受。

在坑口的神龛前，新来的人向山神、土地和财神爷爷烧起一炷香。开始吃早饭。

三

整个矿洞并不太深，从坑口到最远处有两千米。洞里布满了岔道、向上的天井、向下的斜道，向下的斜道里蓄满了水，清幽幽的，不知道有多深。有一些岔道被石块堵住了，封了水泥，这是打穿的地方。有些地方用木头做了支护，上面的石头龇牙咧嘴，只要轻轻一碰就要垮下来。支护的木头上，长满了白花花的树菌。

崭新的小型螺杆式空气压缩机安装在大约离洞口一千米的一个岔道口，这里空气通畅，可以缓解机器的发热问题，也方便左右作业使用。空气开关上通着电，红色的指示灯一闪一闪。

在向东的岔道尽头，露出了一道矿体，裸露出来的部分有三四十米长，二十厘米厚，呈四十五度倾斜状。矿体上，前人打出的一朵梅花状掏心孔还在，一个巴掌就能盖住，这么密集的孔位，看来石头的硬度不小。这是整个洞内我们发现的唯一矿体。看矿石的色泽，可以判断品位并不高。

大家找来了锤子，沿矿体敲打下一片片矿石，用食品袋包装起来。它将被送到山下的化验室检验成分和含量。大家一致的想法是，如果矿石有价值，就在这地方开干，如果品位太低，就拉倒散伙。用掘进的方式在洞内寻矿，那是严重不现实的事情，每掘进一米，成本在三四千元，失败的风险和成本谁也担不起。

按照直线距离计算，矿体所在的地方应该过了山体的轴心，也就是说这里算陕西地界了。但地下矿洞从来的规则都是谁先力量所及就算谁的，从来没有一个分界的定论，因此也就经常发生地下争斗，互相伤害和破坏。好在据炮声判断，相互离得还很遥远。这里暂时还是实体，可以支持很长一段时间的开采作业。

出洞口，天已经擦黑了，风从山顶刮下来，碰在高空的缆索上，发出吱吱的声响。这里不通车路，所有的物资需要高空索道运输。缆索在高空布出一片天网，可以想见矿山生产巅峰期的壮观和忙碌。眼下，除了少数偶尔使用，大部分已经废弃了。

带出来的矿石样品，按照不同位置来源被分成三份，由徐明明带到山下的豫灵镇化验，这是必做的环节。结果出来大约需要三天时间。他是我们八人的小头目，打分成这种活儿，他有经验。

在等待结果的时间里，大部分人除了吃饭就是睡觉，或者接着上一拨儿工人打剩的麻将打一阵。

我和徐明明的弟弟，清洗、安装破烂不堪的风钻和高压水泵。这是将来工作时必用的家伙什儿。他叫徐亮亮，我此次的搭档。

我们八人来自不同的小地方，大多数也算是乡邻，只有大胡子延安来自陕北。他曾和徐明明搭过伙。

四

第一份化验报告单拿上来的那天，大家差点儿散了伙。矿石含金量太低了，计算下来，除去各种消耗，连每天饭钱都挣不出来。这也佐证了当初的判断，上一拨儿工人也不是傻子，为什么掘进那么远打出矿石却不开采，当初一定是化验过了，没有开采价值。

徐明明最后说："既然来了，就拼一把，如果三茬炮过后，矿还是老样子，咱们再撤！"看来，搞对了！这种情况也叫捡漏，靠的是运气。

第一茬炮效果太不理想了，透过炸药释放的滚滚浓烟，出现在我和徐亮亮矿灯光柱下的矿石连一架子车都不到，不但矿石没有爆破下来，反倒带落下来很多黑色的毛石。毛石是不含金的，掺和在矿石里，将大大拉低矿石的含金量。打分成，追求的就是一个精字，运输和选炼的成本太高了。

第二茬炮效果就好多了，矿体被爆破的破坏力掏进去深深一条槽。矿体异常硬，并且与天地板粘得非常紧密，我们采取了"人"字形炮位排列法。炮孔密集，且个个炮位排列在矿体中央部位，这样就不至于伤到天地板，大大提高了矿石的纯度。

更重要的是，钻头进入到矿体，明显感觉到了矿石的变化，钻孔流出的水阵阵发黑，伴随着一股股淡淡火药味。这是矿石中的含硫量在变大，硫金共生，有硫才可能产生高含金量的矿石。

开矿行业有一句话说，穷和富就隔着一层板。有一个流传甚广的故事，说一个老板，花光了家里所有的钱，矿坑打了几千米，实在耗不下去了，把矿坑便宜卖了，下一个接手的人，一茬炮就打出了高品位的矿石，一夜暴富了。穷和富之间，成功与失败之间，就差着一茬炮的厚度。这样的传奇，今天在我们身上再现了！

爆破过后，细碎的矿石明亮亮、黑乎乎，手捧起来沉甸甸的，有一种润泽感。再看爆破过后的矿体断面，石英石上一条条乌黑的硫线，宛若群迁的蚂蚁，盘绕、绵延。在硫线周围，出现了小若针尖的金粒，细细密密。

我俩还没有走到洞口，他们六个就拉着架子车哐哐啷啷进来了。我俩见了他们的第一句就是："我们发财了！"

阳光从东边的豁口上投过来，它明净得纤尘不染，正是早饭时间。豁口那边叫东闯，公路就通到了那里，网络信号也在那边戛然而止。所有的日用品、煤、粮、菜、矿用物资，都由那里用人工背转过来。东闯公路尽头开着一家小商店和一家小饭店。传说，那里曾是闯王部下驻兵采金的地方。而黑山的西边，就叫西闯，曾驻过闯王的另一支采金部队。小说《李自成》里，"石门平叛"一节隐隐有提及。

我细数过，整个黑山还在生产的坑口有十二个，每个坑口有工人十到几十个不等，算起来，有一二百人。一二百人每天需要的生活生产物资不是一个小数目。有一支背脚队承担着转运任务，他们来自四川大巴山，这支队伍有一半是女人。

我和亮亮没有顾上吃饭和换衣，拿着矿样直奔东闯。那里有下山的拉矿车，司机可以直接把要化验的矿石样品送到山下的化验室，化验室会用电话告知化验的结果。

大家都太需要一份提振精神的矿石化验报告单了。

五

"重阳一过无时节，不是风来就是雪。"季节可一点儿都不会作假。

刚过了重阳节第三天，天空密密匝匝落下一场大雪来。雪似乎是从东边来的，又似乎是从西边落下来的。白天还晴得好好的，半夜起来撒尿，地上就见了白，待到天亮，推开门一看，漫天遍地，已经没有别的颜色。树枝还是黑色的，但显然粗壮了许多，沉重了许多，仿佛那些树啊草啊一夜间都低矮了一截。

电线承受不了冰雪的重荷，停电了，整个黑山上下安静了下来。突然的安静，反倒让人有些不适应。

我们爬上岭头去打电话。打电话的，不打电话的，都跟了上来。刚下过雪，反倒没了风，空气也不太冷，就是雪白得让人眼疼。

在垭口，一览众山小。左边和右边，苍岭绵延，不知道它们延伸到了什么地方。陕西地界，也是白雪茫茫，看不到一支骡队，雪天路滑，它们可能在家歇息了。坑口上，有黑的、红的人影，显然这边并没有停电，也就没有停工。按照这个季节太阳的轨迹，这边属阳坡。庙嘴村的房子像丢弃了一地的麻将牌。

豫灵镇遥远得怎么也看不到，只见亚武山白晃晃一片，分不清是崖是雪。通矿公路在峡谷里断断续续，像一条毛线。

大伙儿都抱着电话一通乱打，给自己人，也给外人，都有说不完的话。更多的内容还是向家人和天南地北的同行们报告自己眼下的收成。

第二次的化验报告单写着：金18，铜6，铅10。这是一组叫人睡不着觉的数字。按照当前金、铜、铅价格计算的结果是：$18 \times 200 = 3600$ 元，$6 \times 40 = 240$ 元，$10 \times 100 = 1000$ 元，就是说每采下来一吨矿石，会产生4840元毛收入。除去包工头那部分和各种支出，收入不少于2000元。而我们每天的开采量有八吨多。

矿体的结构也在变化，倾斜度由四十五度变成了六十多度，工作中需要一架架铁梯来借力了，还要穿上防水衣，全副武装。行话说，矿直有金，意思是矿体的结构形状呈直角状就是最理想的含金矿石生成体。

一道六十度的斜槽每天夹着我和徐亮亮，石壁上打出一排铆桩用来垂挂铁梯，用以风钻作业。而出矿工们需要用塑料拖斗将爆破下来的矿石一节一节转拖到宽敞些的巷道上，再装上架子车拉出坑口。赵大头太胖，总是被卡在狭窄处，有时越拽卡得越紧，他就负责专门拉车。吃饭时大家就欺负他，开他的玩笑，让他少吃点儿，再胖下去就只能被开除了。赵大头就认了真，每顿饭真的就少吃一碗。赵大头不傻，少吃一碗，留下来的机会就多一些。而留下来，对于还没娶到媳妇的小伙子来说意义重大。

矿石太招眼了，引起了各路人马的眼红。背脚队、收破烂的、挑小担的、别的坑口的工人，晚上都来偷矿石。一晚上矿堆能偷出一个大坑，弄得大伙儿晚上都不敢睡安稳觉。特别是矿管科更牛，三天两头要安全整顿，各项检查，来一回就要意思一下，这是一个无底洞，越填越深，谁也填不满。

大家就又开会，商量办法。有人说，先把这些矿石发运下山去选炼了，有了收入再接着干；有人说，正是大好时机，每天的炮声早已惊动了四面八方的眼睛，别的洞口正往这儿赶来，说不定哪天就被人打穿了。最后，我们采纳了一个两全的办法，不停产，矿石也不出洞，堆在岔道里。仅仅向东的一条岔道就可以堆几百吨矿石，它有三百多米深。当然，这样也增加了工作成本。

六

背脚队大部分时间有十个人，有时候有十二三个，有时候剩下八九个，人头随农忙农闲而变化。

领头的叫老伍，或者叫老乌，四川话里的"伍"和"乌"听不出区别。他四十岁还是五十岁，也看不出来。这支队伍在这里扎根有十年了，十年不长也不短，约等于黑山金矿现代化开采史的三分之一长度。此前有很多支背脚队伍，随着资源的枯竭、活路的减少，就剩下了老伍这一支。剩下一支也有另外一个原因，就是因为他们是四川人。

四川人看着和别的地方的人没啥区别，区别是他们特别能爬山路，称得上小说中写的"穿山岭如履平地"，这都是被蜀道一辈辈逼出来的，就像秦淮河逼出了画舫和侬曲。还有一条别人没法比的，他们的背篓特别能负重，往山下背矿石，好劳力能背四百斤，差点儿的也能背二百斤，一支手拐，行走中当杵，歇脚时当顶，支在背篓下，对天喊一嗓子解口气。那速度，那稳当劲儿，不差于一匹骡子。

老伍的背脚队长不是自封的，也不是抢来的，是背出来的。四川人能背，但能背四百斤的也不是很多，老伍算一个。主要是他不知道累，别人一天背四回，他能背六回，别人一顿吃二斤肥肉，他有一瓶老村长就行了。

老伍有没有老婆谁也不知道，没人见他老婆来过矿山，也没人见过他回老家，一年四季他都在矿上，黑山就是他的家。但老伍有一个情人，陕西华阴人，秦东镇上的，过了风陵渡大桥就是山西，那是杨贵妃的老家，它们就隔着一条黄河。

老伍的情人叫玲，有杨贵妃的容颜，但没贵妃的命，她也背脚，就在老伍的手下。

我到过他们的家，那是一个废弃的矿坑，在一棵松树下。家不大，有十米深、两米宽、一米七八高，地上、屋顶上和四壁都贴了彩条布，不但干爽还干净。门口有一株山丹丹。山丹丹花开红艳艳，这是歌里唱的，其实有一种山丹丹花开不红也不艳，它是粉里透着红的。玲说，夏天开放时，那颜色，找不到词语描述。

玲有一个女儿正在上小学，有一个丈夫，几年前在山西煤窑上死了，有人说是跑了，反正再没有回来。

玲大概三十岁，那眉眼看着比三十岁小点儿，唇角有点儿上翘，带着自然笑。老伍舍不得让玲背脚，那不是人干的活儿，本来是骡子干的活儿。但玲一定要背。她背不过一个劳力，一趟只背八十斤，路上歇十几回。

事情就出在玲身上。

那一天，玲背了两箱炸药。炸药的规格是一箱四十八斤，加上背篓，就超过了一百斤，加上前一天下了点儿毛毛雪，路有些滑，不敢放开腿脚走，玲就多歇了几回，落下好远。

炸药是背给我们坑口的，我们每天使用的炸药，都是玲背过来的。专用的爆破材料运输车把材料运到东闸，剩下的运输就得靠人的肩膀，几十年一直是这样。

那天玲喝多了水，不时要小便。她把背篓放在路边，去树林里方便去了，树叶都落光了，天明晃晃的，更遮不住人，只能跑远点儿，躲在一块大石头后面。大石头遮住了路人的视线，也遮住了玲的视线。

解完手回来，背篓里只剩下了一箱炸药，另外一箱不见了。

炸药的管理非常严格，每一箱从生产到运输再到使用都有登记。什么东西一严，小事就成了大事。但玲谁也不敢告诉，包括老伍在内。我们以为少买了一箱，也没放心上。

几天后，一伙偷矿的在一个大坑口偷矿，那是一家国营的坑口，矿好，招贼。他们胆大，用炸药炸一个矿柱。炸药还没点燃，被巡逻的矿警人赃俱获，炸药事大，结果被交到矿山派出所。一夜审下来，他们交代了炸药的来历。

偷矿本不是啥大事，可以说很多黄金都来自偷来的矿石。但炸药得落到实处，查到最后，查到了玲身上，被拘留十五天。十八坑对炸药材料管理登记不严，也难辞其咎，被罚款五千元，坑门被永久贴上了封条。

七

沿着河西林场的玻璃房子往西闯走，是一条绝壁栈道，栈道没有古陈仓那条兵事纷扰的栈道有名，走的人也少，但比它险峻多了，也好看多了。夏天一到，栈道上下就开满了杜鹃花，有的红，有的白，有的又红又白。很多地方的杜鹃花是假的，托杜鹃之名，只有这儿是真的。

栈道没有栏杆，别的车不敢走，只有一种嘎斯汽车敢，只是嘎斯汽车一旦坠落山涧，也就不用下去看了，看也白看，都成了纸一样的碎片。

在栈道的某处，一处长着一丛高大杜鹃树的崖下，赵大头也成了碎片。那天，他负责押车，那是最后一辆车，拉着最后一趟矿石。

那天，已经不胖的包工头说："算了，也不用下去看了，我卡上还有四十万，你们给他家里带回去。我也该回去了。"

翻过西闯的千尺梁，会出现三条小路，沿中间的一条走四里，有一个矿坑，渣石铺展出一片气势。那就是黑山十八坑。铁门上的封条大概早被风吹雨打去，但一把大铁锁一定还在。

进入坑口三百米，向东，有一条岔道，里面有一筒子矿石，如果运到山下，能值一百万。

只是，如今大约早没了下山的路。

那场旷日持久的矿事

一

农历正月初五，峡河遍地大雪。

从山顶到河边，从小道到大路，一片茫茫的白。五峰山上的松林被大雪改了颜色，像童话世界。山神庙里无所事事的公鸡突然爆一嗓子，雪哗地垮落下来，腾起一股白雾，四散开来，离得很远都能看见。

这雪下了十多天了，从年前的腊月二十五就开始，白天落，晚上落，鹅毛一阵，碎粒一阵，没一点儿风。早晨看东方，晚上看西天，天仿佛没有了晨昏，混混沌沌，看不到一点儿晴的迹象。听父亲说，峡河这地方，从来没见过这样没头没脑的雪。

爱人把我那只巨大无比的牛仔包装满了掏出来，掏空了又装满。矿灯、雨鞋、胶皮手套、迷彩工作服、口罩、煮熟的鸡蛋……按性质和大小，各安其位。她几次犹豫地问我，是不是少装了什么？我说什么也不少，又不是出国去，到了地方，缺什么就再买什么呗！

大雪封路，通往县城的城乡班车停运好长时间了，一方面是县运管部门下发了停运通知，一方面是出了事故谁也担不起责任，都不敢冒这个险。镇上有胆大的面包车挂了链子拉黑客，但价钱贵得出奇，八九十里路程，两百元一位，但依然挡不住客源滚滚，打了几通电话都排不上号。

我问周晓民怎么办？他说还能怎么办，等天晴呗。说话间，工头的电话又打过来了，说是老板定于初九午时准时开工，哪怕是响一茬炮也行。工头是重庆人，也姓陈，十年前与我相识于灵宝秦岭金矿，十年间有合作有分离，从没断过联系，算是老朋友了。他现在在南阳市内乡县一个叫夏馆的小镇上，他的春节就是在夏馆的小旅馆过的。在离镇四五公里的一条沟里，他承包了一个已经停了多年的小矿洞。

这至少是第十通电话了，听得出他有些急了，我知道也不完全是他急，是老板更急。老板购置下一座矿山的开采权，一路办下来，跑了多少路，花了多少钱，按三年的开采有效期计算，每天折合多少损耗？放谁身上都急。他说："实在不行，先来两个人，随便放一茬炮，算是开了工。包车吧，包车的钱都算我的。"

我心里也急，过去的两年跑新疆、跑内蒙古、五上秦岭金矿，路费、电话费花了好几千，都没有挣下钱。更主要的是，每年的开年季也是工人争夺大战上演时，谁抓住了工人，谁就抓住了本年挣钱的基础，不管什么活路，没人手干不下来，馒头可以一个人吃，挣钱的事真不行。

工头的意思是，让我带领一帮工人把这场活儿包下来，每吨矿石给我提两元钱作为辛苦报酬。按照他描述的矿洞情况，我算了一笔账，就按每月出矿一千吨计，一个月下来就多了两千元的收入，如果矿量随着开采规模而不断加大，收入将更加可观。虽然还没有亲临现场确定虚实，但有诱惑总比没诱惑强。干矿山的，由工人变小工头、大工头，再到独立自主干一番事业的老板，这是一条鱼跃龙门的路途，也是这行几乎所有打拼者的追求。

给认识的、不认识的人一遍遍打电话，那些爆破工、出渣工、电工、通风工、机械师傅、煮饭师傅，那些曾一块儿南征北战的，那些仅仅是一面之缘的，都一遍遍地打，一遍遍地描述前景、收入。他们一部分回老家过春节还没有回来，一部分已经出门了，还剩下不多的人在权衡、观望。千言万语，千叮咛万嘱咐，我总算确定下了四五位工人，让大家在家等我的通知。

初七，天终于晴了。

"七九河开，八九雁来。"到底是春天了，太阳一照，雪立马就消融了。

二

这是一条狭窄得不能再狭窄的小山沟，名字叫四台沟。

像所有偏远荒败的小山村一样，整条沟只剩下不到十户人家，稀稀疏疏的黄泥小屋趴在一沟两岸。说是沟，其实早已没有了水流，只有低洼的地方才有脏兮兮的小水泡子出现，那是饮牛羊的地方。虽然是水泥路，但最上面的一层已严重风化、脱落，露出大小各异的石子和凌乱的坑洼。沟里几乎见不到年轻人了，他们都搬到夏馆镇上去了，偶尔回来看望一下老头、老太或只是为了带走地里的白菜、蒜苗，轰隆隆的摩托车像杂耍一样闪腾。

这是一口废弃多年的矿井，坐北向南，陷身在一座矮矮山梁下，井口被荒草掩映，几近于无。洞前的矿渣上，一棵白玉兰树得益于当年炸药留下的养分，长得无比壮硕。井后的山坡上有橡树、板栗树和几棵野桃树。

井口是一段向下的斜坡，黑洞洞的，看不到底。一根白色塑料水管哗哗地从井底往外抽着水。

我突然心底有些凉。不说洞里的矿量怎么样，这种斜井既危险，开采难度又大，出力不出活儿，谁见了都怵。可我嘴里不能说，脸上也不能表露出来，就是想说也无人可说，周晓民除了出死力，什么也不懂，但我并不打算退却。在矿山摸爬滚打了十几年，除了爆破还是爆破，一直找不到揽活儿的机会。规模大的矿山，条条固化，根本没有插脚的机会，只有这种偏僻之地、人瞧不上眼的小工程才能分一勺羹，所谓"金钱绝处求"。

人活着，就是一个拼字。

吃了饭，下洞。在我身后，周晓民噼里啪啦点燃了一串鞭炮。

洞道的斜坡不长，七八十米，但很陡，至少四十度，人上下时要抓住固定在墙壁上的一根粗绳。洞底的水已经被抽干净了。往洞口看，像一根巨大的炮管指向天空。天上有稀薄的白云，向更远的地方飞渡。到了底部，向左，九十度转弯，走十几米，是一道平巷，呈南北走向，两头远远地延伸向深处。

"这就是矿带，含银量很大，也含金，还有一点儿锌。"陈工头用手电指着巷道顶上一条长长的黄灰色线给我看。他的两位伙伴跟在后面，一个是他的姐夫，姓覃，另一个是他妻弟。

黄灰色矿带很窄，窄处寸许，宽处不足十厘米，绵延不断。它与两边的岩石色差明显，分离清晰，这是高品位的表现。老板敢于买下这个废弃矿洞，一定有他的道理，这里一定经过了矿石化验。只是，哪怕品位再高，这么窄的矿体也是有风险的。我的判断是，它不可能随着开采的深入，有什么突然变化，因为这是几乎九十度直立的矿脉。从矿体结构规律来看，只会越接近地表越窄，甚至消失。

但我没有说出来。我知道，大家都抱着一颗赌的心。

走在出洞的斜坡洞道上，周晓民偷偷问我："干不干？"我向他伸了一下大拇指："干！"

到了井口，大家都呼呼喘气。陈工头问我："敢干不敢干？"太阳已经偏西，光线打在他的身上，微微有些冒气，这是由于洞内洞外温度的反差。我注意到，几年不见，他已白发点点，我记得他好像四十二了。

"怎么干？真要好好合计合计。"我说。这种太冒险的活路，确实要合计合计。

三

时间转眼就是清明。

早晨大家还睡着觉，远处响起了一阵一阵鞭炮声。"清明青，送新衣。"在那边的人，也要过春天换新衣了。鞭炮声长长的，那是富裕人家、孝顺人家；鞭炮声短促的，不是穷，就是吝。慢慢地，鞭炮声到了井口边。渣坡边上有两座坟，那是村里贾家的祖坟。

出门一看，果然是贾宝庆蹲在坟前烧纸，坟头上插着清明挂，草色茵茵中一旗红白黄相杂。他是距矿洞最近的邻居，跟老婆离婚多年，一个人放着一群懒羊，儿子在郑州读大学。他是村里唯一支持矿山开采的人。

矿山的开采，遭到了村民的坚决阻挠，先是老头、老太们结队来井口闹，老板为每人买了一身新衣、一袋大米，平静了。过一段时间，洞口的电闸总是跳，有时空气压缩机正在工作突然就停了电，水泵也停止了工作，钻头卡在了岩石里，怎么也拔不出来。

村电工说，矿上电器功率太大了，电线无力负荷，得架独立变压器。谁也不傻，都知道什么原因。

问题反映给老板，老板很生气。他不住在矿上，住在县城里，事多如麻，跑一趟不容易，何况这也不是跑跑路就能解决的事。老板并不是本县人，他原来在市里某区当官，看朋友贩煤挣了钱，就干脆下了海，被这边县里招商引资硬拽了过来。

老板打电话说："安变压器就安吧，倒霉！"

村电工悄悄给工头说："也不用非得安装变压器，每月给我拿一千五百元管理费，我把村里的用电调配调配就行。"他老婆有病，总吃药，镇电管部门每月付他六百元工资。

一千五百元，有些狠。矿山目前只有支出，没有收益，工头已垫进去了十几万，只有把矿石拉到选炼厂，才有收益。选炼厂虽然不远，但开机要三千吨，而洞里采下的矿石离这个数还遥遥无期。

谈判的事就落在了老覃头上。老覃在矿上的工作，除了开空气压缩机，还负责外务对接，在老家村里他干过十几年村干部，也贩过狗，是个能说会道的角色。怎奈一口重庆话，死活变不过来，当地人听了只当鸟语。贾宝庆就当了见证人和翻译。他被村里人冠以"内奸"污名。很多时候，内奸也有内奸的用处，比如这次。

陈工头的妻弟很年轻，也最有文化，中专毕业。除了开着那辆皮卡拉炸药、采购粮菜和矿山设备配件什么的，基本无事可干。他坚决反对给村电工付这份窝囊钱，说这是敲诈。他主张从老家找一帮年轻人，给电工点儿颜色瞧瞧。他每天抱着手机看新武侠，小说里面都是这么干的。当然，他的提议最后被大家否定了。

最后他说："你们先谈着，实在不行，我再出马。"

谈了一天，没什么结果，电工硬邦邦的，少五十也不行。他一再给老覃讲利害："你矿上那么大的工程，耽误一天是多大损失？烧坏一台电机是多大损失？多出一吨矿是多大收入？"老覃一张做了无数群众工作的嘴，怎奈朝天门的袍哥碰到了善打胶着战的南阳猴，失去了战斗力。

后来，到底还是小舅子出了马，也不知出的什么马，快马还是慢马，反正电工尿了，主动降到了每月一千元。从此，矿上再也没有停过电。

后来不知是谁说的，电工家有段时间，窗玻璃总是莫名其妙地被石块砸烂，再后来就没事了。

四

山桃花说开就开了。

前些天，还是小骨朵，粉红粉红的花瓣被一层薄皮包裹着，像小拳头被人攥着，伸展不开。没几天，一下子就都挣脱了，自由了，在枝上欢闹。洞内爆破时，它们在山坡上一阵阵颤抖。几枝胆大的，努力地把枝条伸向了洞口，一阵气浪冲上来，它们齐刷刷地分向两边，几瓣花瓣洒落在洞道里。

矿带其实也不长，从这头到那头也就百十米，两头收缩得窄如指缝。前任老板为什么掘进到这儿停了工程，也是因为它们没有再跟进的价值吧。我问贾宝庆："当时的矿主已经下了这么大的本钱，为什么就收了家伙，没有采矿？"老贾说："当时开工时，银价每克十多元，待巷道掘进后来，银价掉到了三四元，你说他还敢采吗？"

当然只能放弃了，不放弃还能眼睁睁往火里跳？这就是矿老板的命运，决定命运的因素太多了，有些是看得见的，有些是看不见的，往往看不见的比看得见的更锋利。

因为是九十度立采，需要矿石来支垫，暂时用不上出矿工，就只有我们四位爆破工，日夜轮着班干。按老板要求，最大保证矿石的纯度和品位，采掘宽度不能超过三十五厘米，也就是说操作风钻的人侧着身子勉强可以工作。白天一茬炮，晚上一茬炮，采区空间在一天天向上、向两头扩展。这需要技术，也需要耐力。

我和周晓民一班，我负责操作风钻，他负责帮衬。空采区已经上升到了十几米高度，下面巷道有两米宽的空间，采下的矿石向下、两头铺展，远远不够垫底。每一次操作，都需要在两边岩石上打上横向的木撑，架设铁梯。我站在铁梯上操作机器，看着他在身下的渣石上抽烟，原本不高的个头儿更像个孩子。他一直不能成长为独当一面的师傅，在帮衬这个角色上至少有十年了。

风钻的后坐力让铁梯不住地颤动、弹跳，机器活塞的做功被消解掉了，进孔速度非常缓慢，一个两米深的孔要做功一个小时。铁梯棱角坚硬，脚掌被硌得生疼，我不得不频繁地倒脚。狭小的空间使消音罩喷出的气流无处释放，工作面的能见度变得很差，为了看清标杆，不至于使孔位走位，我只得把消音口朝向自己，巨大的噪声灌满双耳。一班下来，耳朵几乎完全失聪，嗡嗡嘤嘤地响，需要休息一夜才能缓过来，而头疼怎么也缓不过来，像一根木楔钉在了里面。

那一天是四月十五，之所以记得很清楚，是因为转天是四月十六，阿全的三十六岁生日。

阿全是另一班组的主爆破手，是我十几通电话力邀过来的。阿全年轻，手艺好，从来不缺活路，但架不住我狂轰滥炸的电话催促，带着徒弟从老家过来了。他的老家在栾川县，那里出钼矿，出爆破工。

采场的高处已经上升到了三十米，距离山体表面越来越近了。早些时候，爆破发生时，感到地面一阵阵颤抖，没有落尽的青杠树叶哗哗落下。现在地皮仿佛变得充满了弹性，鼓起来，瘪下去，再鼓起来，再瘪下去。山梁的背后，是几根木棍和塑料布搭建的简易厕所，只有爆破没有发生的时候，大伙儿才敢过去方便。

一百多米长的巷道已被矿石堆积得严严实实，只在一处留了一个小洞口，供工作需要爬进爬出。通风不畅，工作面永远散不尽的炸药残烟使空气变得沉重，矿灯光柱里的灰尘，像漂动的浮游生物，无处不在。工作时透不过气来，一排木撑打下来，梯子还没架好，人已被汗水浇透，浑身软得站不起来。

按说，矿石应该往出运了，它的量早已超过了三千吨。但外面找不到堆矿石的场地，没有谁家愿意出让一片堆放的场地。还有一个致命的原因，就是银掉价了，掉到了五元一克。不光是银掉价了，金、铜、铁、钼都掉价了，凡是金属类都掉价了。

这一天，阿全和徒弟两人上的是白班。

后来听他的徒弟说，那天他们把横撑一根根打好，从地上到工作面，像楼梯的档子一样一长排，又在工作面上打一排平撑，把三架梯子用铁丝绑在横撑上，把风钻、风管、水管架好。

连接洞内洞外的电话线坏了，老覃查了几天也查不出问题，好在里外不远，就把电话线改成了电铃线，一声铃开机，两声铃停机，紧急情况三声铃。

老覃在厨房侍弄一颗猪头，这是他专门下山买回来的。阿全下班回来，要为他好好庆贺一下，三十六，是人一辈子的大关节。

听到一声铃，老覃把空气压缩机咔地送上了电。

五

阿全还算幸运，总算保住了命。

那天工作面到底发生了什么情况，我们谁也不知道，都是事后听阿全的徒弟说的。阿全的徒弟更年轻，才高中毕业没两年，吓着了，嘴又笨，说不太清。其实说清说不清也没多大用，反正事情已经过去了。在矿山，刀尖上讨生活，这都是平常不过的事情。

阿全的徒弟说，他打了电铃，就上了架，把钻头认了孔。那天石头非常硬，掌子面特别光滑，钻头在岩石上找不到着力点，碰撞、弹跳了好长时间才形成了一个浅洞。钻头与岩石碰出的火花落在了他的衣领里，很烫。钻孔流出的水沿着安全帽，一直流到了嘴里，含了重银的水在嘴里有一丝丝说不出的甜味。

钻头进了孔，师傅把风速开到了三挡，他就下来了。站在矿石堆上，他看不见师傅，师傅被一团浓雾罩住了，那是消音罩喷出的强大气体。他只听见钻头与岩石的撞击声，通过岩石的传导，传到了他的前后左右。

突然，他听见轰的一声，一道灯光一闪，整个工作架落了下来。地上的风钻还在高速转动着，因为脱离了负荷，转速更高更有力量了。

那天，所有的人都下了洞，把阿全七手八脚地弄上了地面。断了一截的钎杆从阿全的左肋骨进去，从后背出来，一端带着一颗钻头，马蹄形，已经被磨得有些秃钝。

那钎杆被岩石长时间打磨，光滑圆润，带着亮光，被阿全结实的肌肉紧紧裹住了，竟没有多少血流出来。在去医院的路上，它像一根从阿全身体里长出来的甘蔗。

阿全在医院养伤，徒弟全天伺候。矿山的工作仍然继续。只是老板和工头都欲哭无泪，银价日益不堪，这事故无疑是雪上又添新霜。

老板开着他的桑塔纳来到矿山，召集大家开了一场会，这也是开工三个多月来的第一场会。到底是当过官的人，话讲得有条有理，也入情入理。他说："鉴于目前银价的情况，开采工作先放缓下来吧，但千万别停工，停了工再开张就难了，我们慢慢地和银价耗，要准备长期地耗，不是一天两天地耗。"最后大家商议的结果是，两班炮工就减少到一班吧。

工头的小舅子也不大看武侠了，他天天看市场上的银价，涨一点儿就欢呼一阵，掉了就骂一阵。后来，我们所有的手机都改成了看银价，猜测明天的涨停，仿佛都成了专家。而银价总像耗子的尾巴，怎么也长不粗。

最焦灼的还是我们，干了快四个月了，都没见到一分钱工资。按照当初的协议，工人工资是按矿石的吨位结算的，矿石堆在洞里，就等于没有矿石，就没办法结算工资。

大家平时的零用钱和家里的急需用钱都要在工头那里借支，工头再从老板那里借支，但借支总是有限的。我不停地做大家的工作，我知道，我积累了十年的行业信誉快要透支完了。

一天下午，下班时我接到了家里的电话，是弟弟打来的。当时天下着小雨，工作服被钻孔流出来的水浇得湿透，雨靴里灌了很多泥浆，走一步咕叽一声。周晓民跟在身后，脸花得像个唱戏的，裤子垮下来，露出红内裤。家里很少打电话来，怕他听到，我把他支开了。我不能垮，更不能影响士气。

电话里，弟弟告诉我，母亲查出了食道癌，晚期。

放下电话，在工棚外，我坐了好长时间。从这里，可以看到宝天曼风景区，花白的裸岩高耸入云，山水如画。据说再往山那边，就是洛阳地界。天真正热起来了，高处，低处，所有的花都已谢尽。

老家院外，新栽的桃树也该挂果了吧，而栽下桃树的人就要走了。

六

贾宝庆说，据他爷爷讲，四台沟银矿的开采史已有三百年了，采到最富的矿石那年，日本人打到了西峡，当时一升矿块能换一块大头银圆。我知道升是一种量粮食的器具容器，十升为一斗，一升玉米够四口人家一天的口粮。

为证实自己所言不虚，他带着我们看了山后的一个古采银坑，这个坑就在现在开采的矿洞后面，其实也没有坑，就是一个向下的斜洞，窄小得一只狗也难钻进去，不知道当年的人们是怎么进去，又怎么把矿石采出来的。用矿灯向里面探照，曲里拐弯什么也看不清，两壁光滑，如同刀削，显然是一锤一钻凿下去的。丢一块石头下去，咚的一声，有水。

我的判断是，现在洞里的采区离这儿已经不远了，在采场顶端部位，石头在变软，且常常有湿渍出现。

工头说，就往这里攻。

这是四台沟最后的秘密，贾宝庆告诉了我们，无疑是张松向刘备献了川西地图，是卖村行为。贾宝庆一再嘱咐："千万别说出去，就说是你们自己发现的。"但世上没有不透风的墙，这事还是被村里知道了。贾宝庆卖了羊，带着钱去了新疆，那里的农场有他的远房亲戚，还在七台河包了棉花地，听说后来娶了当地女人。他的儿子留在了郑州工作，我在他的老式手机里见过这孩子，戴着眼镜，有点儿秀气也有些衰颓。

转眼到了八月，夏去秋来，阿全终于养好了伤，只是腰再也不能像以前那样挺得笔直，拿到老板付的十万工资，带着傻徒弟回去了。听他说，他老家山高水寒，以土豆、玉米为主食。后来他换了手机号，我们再没有联系过。

我们终于攻到了银坑位置，那里什么也没有，只有一坑污脏的积水。

那天的炮也算最后一茬炮，我和周晓民整整打下了二十四个炮孔，掌子面如同蜂巢，填尽了所有的炸药。

起爆器已经老化了，黄铜钥匙已严重磨损，接线螺丝也脱落了一颗。我把引爆线接在脱了螺丝的孔位上。我起了一次，没有反应，再起一次，还是没有反应，只在接线口上溅起一串电花。再起一次，炮响了，我听到轰的一声，地动山摇，爆炸声获得了无限的释放空间，冲上高高的天空，又像烟花一样放射开来。接着，一股浓烟从山后蹿了起来。

我听到了连续的爆炸声，只是一声比一声弱小。一股大水从矿堆上漫下来，向洞腔漫过来。

走出洞口，我看见老覃的爱人在厨房外边劈柴，斧头高高扬起来，急急落下去，柴火断裂，没有一点儿声音，像极了无声电影。

七

三天后，我到了商州人民医院。

经过丹江大桥时，我看见三只鸭子在混浊的江水里游弋，它们无声无息，像三朵新开的白莲。我猜，它们一定是八个月前我经过这里时看到的、嘎嘎叫的那三只。

至今，那满满当当一洞矿石还在。

不曾远游的母亲

母亲是上河人。

所谓上河，就是峡河的上游。七十里长的峡河，在本地人的习惯里，常被分为三段，上段二十里，称上河；中段三十里，下段二十里，统称下河。各段人们的生活和语言习惯稍有差别。上段，相当于黄河源头的青海，苦焦、偏僻、荒凉。母亲出生的地方叫三岔，三条河在这里交汇，这儿是上段的上段，翻过后面的西街岭，就是河南地界了。那时两边的孩子经常在一块儿放牛，牛吃饱了草，也有些迷糊，需要不同的语言指令来驱赶。虽然两边孩子们都是河南话，但还是稍有差别，牛比人分得清楚，也有走错了家门的，那只能等着挨揍了。

母亲十七岁嫁到峡河中段的塬上，父亲家给的彩礼是两斗苞谷。那是爷爷用麻绳套来的一只白狐，然后从河南贩子手上换来的，相较而言，河南那时候吃得比峡河宽裕。河南的阳光足，地块大，产出的苞谷颗粒饱而硬，顶磨子，外公在石磨上推了三道才碾碎。那二斗苞谷，他们一家吃了三个多月。当然，这些都是母亲告诉我的。

紧挨着峡河东面的地方叫官坡镇，那是峡河人赶集的地方，虽然它属于河南卢氏县，在行政上与峡河没半点儿关系，但峡河人口少，没有街市，也没有集，生活日用、五谷六畜要到官坡集上买卖。虽然后来峡河有了供销社，大家还是喜欢赶官坡的集。担一担柴，或背一块床板，能换一堆东西。

母亲喜欢赶集。官坡镇，是母亲少女和青年时代走得最远的地方。

母亲最后一次去官坡，我十九岁。此去是为我占卜命运。那一年，她四十一。记得此后，她再没出过省。

高中毕业后，我在家无事可干。家里有一群牛，有时五头，有时六头，因为有小牛每年生出来，壮年牛常常卖掉换钱用。我在家负责放它们。与农田里的活儿相比，放牛是最轻松的活儿，有种说法："三年牛倌，知县不换。"说的是放牛的自由、散漫。家里让我放牛，也有对命运不认的成分，放牛有大量的时间，可以在山上读一些书，想一些事情。那几年，牛在山上吃草，我在山上读了很多书，马克思的《资本论》就是那阵子读完的。

放了一年多，牛们没壮也没瘦，原模原样，我却越发显得没了志气，显出傻来。母亲对父亲说："这不行，难道真是一辈子放牛的命？"

她带了二斤白糖、两包点心、十元钱，去官坡找张瞎子。

我没见过张瞎子，却不能不知道张瞎子，据说他通天晓地，本事了得。传得最远的一个故事是，有一个人恶作剧，把家里一头牛的八字报给张瞎子测。张瞎子排了八字，不慌不忙地说："此人命里富贵，一生有田耕，不愁吃喝，八岁而亡。"那头牛真的只活了八年。

三天后，母亲回来了，对父亲说："娃没事，四十岁上能出头。"

二

一九八七年，峡河大水。

那是一场史无前例的大水。那一场大雨，整整下了三天三夜，河里与河岸上的石头、树木、庄稼悉数被摧枯拉朽，一同被卷走的还有牛、羊、猪、人。大水过后，峡河下游的武关大桥，因严重损坏，不得不废弃重建。这座大桥建造于一九三○年，曾抵挡过无数风雨与炮火。日本人打到西峡那年，为阻挡日本人由此入西安，国民党工兵的炸药包对它也无可奈何。

大雨过后，峡河水还没消，妹妹病了，中耳炎引发的乳突炎。

那时峡河还没有撤并，还叫峡河乡，有卫生院。妹妹在卫生院里打了六天吊瓶，病越来越重。去县医院，无异于登天，不仅路途遥远，主要是没钱。我们兄弟几个正上高中初中，每星期每人只有一袋干粮。街上小饭店的面叶子两毛钱一碗，我们从没吃过。

本来是不要命的病，却要了妹妹的命，那一年，她十三岁。我从中学赶回来时，父亲和母亲都近于神志错乱。也从那时候开始，母亲开始哭，白天哭，晚上哭，哭了十年，哭坏了眼睛。这十年，她去得最勤和最远的地方，是妹妹的坟头。这个远，是说来来回回的路程，单程算，不过数百米，加起来，怕有千里之程。

村里有一对兄弟，两人都三十出头了，都没有媳妇。这兄弟俩也是可怜，早早没了父母，也没什么家门，孤零零的。但两人都会乐器家什，老大长于笙，老二长于二胡。没事的时候，两人在院子里动起家什来，路过的人以为这家有什么事，请来了戏班子。

老大会许多乐器，但嗓子不行，唱不了，老二能唱，他们唱的不是秦腔，也不是豫剧，是京剧。老二最拿手的是《空城计》：

    我正在城楼观山景，

    耳听得城外乱纷纷。

    旌旗招展空翻影，

却原来是司马发来的兵。

....

这些年，城外确实乱纷纷，那是生活的兵马。他们俩却不是诸葛亮，无力退兵。

母亲总是看不过，要为他们说亲。

这一年，峡河下段死了个人。那人三十多岁，正年轻，骑摩托车出事了，本来出事的不是他，出事的是别人，他把人撞了。他骑车跑了一段，估计被撞的人活不成了，他就冲着路边的悬崖加了一把油。

那人留下了一个女人和一个女儿。女人是个哑巴，挺漂亮。孤儿寡母，没有人照顾。

自然是从老大头上解决困难。母亲说："你也别吹笙了，跟我去相亲。"

这一跑，跑了四五十趟，也就是一年。老大骑一辆自行车，驮着母亲，风里雨里，都在提亲路上。这亲事到底成了，后来老大与那哑巴女人又生了个小子。他还是喜欢吹笙，这时候，吹得最多的是《百鸟朝凤》。

母亲此前没有坐过车。她说那自行车下坡时，像起风了。

那一年，母亲开始白发满头，那是岁月的力量。生活像一口锅，她一直在锅底的部分打转。锅外的世界不知道她，她也不知道锅外的世界。锅有时是冷的，有时是热的，只有锅里的人，冷热自知。

三

　　一九九九年始，我开始上矿山，天南海北，漠野长风，像一只鸟，踪影无定。有些时候，一年和母亲见一两次面，有时终年漂荡，一年也见不着一次，甚至有时忘了她的样子，但一直记得她说的张瞎子说的话。

　　一转眼，我四十岁了。

　　四十岁那年，我在萨尔托海，百里无人烟，只有戈壁茫茫。放牛放羊的哈萨克族人，有时放丢了牲口，骑着马或摩托车呼啸而来，或呼啸而过。

　　这里是一座金矿，规模不大也不小，有三口竖井，百十号工人。我是这百十号人里的一员，像一只土拨鼠，每天地上地下来回。

　　母亲知道我在世上，但不知道我在哪条路上。我经常换手机号码，她也许记得我的号码，但没什么用，这里不通信号。母亲的床头是一片白石灰墙，上面用铅笔记满了儿子们的电话号码，哪一个打不通了、作废了，就打一个叉，新号码再添上去。这些号码组成了一幅动态地图，她像将军俯瞰作战沙盘，因此懂得了山川万里、风物人烟，仿佛她一个人到了四个儿子所到过的所有地方。

这一年，发生了一件事，我一直没有对她讲过，当然也没有对任何人讲过。母亲的地图虽详细，这样的情节也不可能显现。

这一年，我得了病——颈椎病。最显著的症状是双手无力，后来发展到双腿也没了力气，如果跑得快点儿，会自己摔倒。我后来知道是椎管变细，神经受压。

我的工作搭档是一个老头，别人叫他老黄，那时已经六十岁了，模样比六十岁还要老，掉光了牙齿，秃头上围一圈白发，又高又瘦。他年轻时在国营矿上干过爆破。他不是退休了，是下岗了，因为老了。

那一天，我清晰地记得是九月初。胡天八月乱飞雪，萨尔托海倒是没有飞雪，但空气比飞雪还冷，戈壁滩上的骆驼草已经干枯了，一丛一丛的，风吹草动，仿佛蹲着一些人在那里抽烟，那烟就是一股股风吹起来的黄尘。

我和老黄穿成了稻草人，因为井下更冷，风钻吐出的气流能透人的骨头。这一天，我们打了八十个孔，就是八十个炮。老板很少下井，但他会听炮声，一边打着牌，一边数炮。

进出的通道是一口竖井，原来用作通风的天井，八九十度，仅容一人转身。竖井里一条大绳，十架铁梯子。打完了炮孔，装好了炸药，我说："黄师傅，你先上，我点炮。"那时用的还是需要人工点燃的导火索。每次都是老黄先撤，我点炮，毕竟我年轻一些。

点完了八十个导火索头，我跑到采区尽头，抓住绳头往上攀，可任我用尽了所有力气往上爬，怎么也够不着梯子。脚和手仿佛不是自己的。导火索刺刺冒着白烟，它们一部分就在我的脚下，整个采场仿佛云海，我知道它们中的一部分马上要炸响了。

这时候，我看到地上有一根折断的钎杆，它插在乱石堆里，同时，我也看见绳头下的岩壁上有一个钻孔，那是爆破不彻底留下的残物。我快速抓起钎杆，插进残孔，爬了上来。刚到天井口，炮在下面接二连三炸开来。

我对母亲讲过无数矿山故事，我的语气、神采带她到过重重山迢迢路，但这一截路程只属于我一个人。

四十五岁，我因为一场颈椎手术，离开了矿山，开始另一种同样没有尽头的生活。比她跑七十里路，测卦来的"出头"之日，晚了五年。

四

我有一个非常奇怪的心理：凡是我认为的好兆头，在没有兑现成事实之前，总是小心翼翼，不敢告诉别人，不敢泄露半点儿秘密。比如晚上做了个梦，梦见大火烧身，按周公解梦，将有喜事发生，几天里，都被这个梦煎熬着，又总是在心里深深地藏掖着，生怕别人知道了，喜事就化为乌有了。比如接到编辑电话，告诉某某组诗拟于某期刊发，在文字见刊之前，从不敢把喜悦分享于人。一个命运失败太久的人，仿佛任何一个细小的失望都会成为压上命运的又一根稻草。

母亲是二〇一三年春天查出食道癌的，医生说已是晚期。在河南西峡县人民医院，经过两次化疗，身体不堪其苦，实在进行不下去，就回老家休养了。如今，已是七个春秋过去，她依旧安然地活着，不但生活自理，还能下田里种些蔬菜瓜果，去坡边揽柴扒草。其间还就着昏沉的灯泡给我们兄弟纳了一沓红花绿草的鞋垫。而当时一同住院的病友，坟头茅草已经几度枯荣了。这样于她于家的好事，我怕让人知道，怕提醒了疾病，它再找上门来。

商洛现在已经非常有名了，但我的老家峡河现在出门，依然大多数时候要靠摩托车助行。雨天泥水，晴天暴尘，曲里拐弯，涉水跨壑，十几年里我已骑坏了两辆车。在家乡，你到哪家的杂物间里，都有一两辆坏掉的摩托车，而街上的摩托车销售部里，以旧换新积攒的破车子，简直要堆成了山丘。

山外的世界早已是穷尽人间词语都无力形容了，而母亲的一生是与这些世界无缘的，她一辈子走得最远的地方是河南西峡县城。那是二〇一三年四月，她接受命运生死抉择的唯一一次远行。

西峡县城不大，比起任何一个中国城市，都不算什么，但与峡河这弹丸之地相比，已是非凡世界。那一天，医院做了初检，等待结果办理住院。我和弟弟带她逛西峡街市，当时她已极度虚弱，走半条街，就要找个台阶坐下歇一会儿。她似乎忘记了自己的病，满眼都是惊喜，用家乡的话不停问这问那。对于她六十余年的生命来说，这满眼的一切是那样新鲜。

当行到灌河边，滔滔大河在县城边上因地势平坦显得无限平静、温顺。初夏的下午，人声如市，草木风流。虽说家乡也有河水，也年年有几次满河的旺水季，但比起这条汪洋大河，实在乏味得可怜。那一刻，母亲显示出孩童的欣喜，也许在她的心里，也曾有各式各样的梦，也曾被这些梦引诱着抵达过高山大海、马车奔跑的天边，因生活和命运的围困，只能渐渐泯灭了。那一刻，我看见一条大水推开了向她四合的暮色，河岸的白玉兰，带她回到少女时代的山坡，那里蝉声如同鞭子，驱赶着季节跑向另一座山头……

那一刻，我有欣慰，也有满心的惭愧。

外面漂泊的十几年里，每一次回来，和母亲唠家常时，她都要问一问我到过的地方怎么样，有啥样的山，啥样的水，啥样的人，啥样衣饰穿戴？我用手机传回的照片，她一直保留在短消息里，以至于占用空间太大，老旧的手机总是卡死。一直以来对她的这些问询、这些举止，都不以为意，以为只是关切我在外的生活。现在想起来，她这是借我的眼睛、腿脚和口舌，在完成一次次远游。

如今，母亲已经七十岁了，一辈子的烟熏火燎、风摧霜打，她的眼睛视物已极度模糊。慢慢地，人世间的桃红柳绿、纷纷扰扰，她将再也看不到了。即使我有力带她出去走走，她身体的一切也已无能为力。

所谓母子一场，不过是她为你打开生命和前程，你揭开她身后沉默的黄土。

父亲这辈子

父亲是塬上唯一的木匠。在他生命的最后十年，唯一接到的活儿，是给人打棺材。

塬上是个小到不能再小的村子，这个小，主要说的是人口。记得通点儿风水的大伯有一年对我说，塬上这地方半坡半平的，不聚气，人口不敢超过六十，过六十，就有灾，待死过几个人，灾就过去了。开始不信，后来细数人丁往事，还真是的。这些年，死了走了多少人啊。从我记事起，人口好像真的没有过六十的限。

塬上虽然小，却是个能人辈出的地方。张铁匠、李篾匠、刘瓦匠、景蛮匠……每家男人，都有点儿手艺，最不济的，也能给人打个土砖。土砖一块五六十斤，一天打一百多块，一块块码起来，长城似的，需要一身蛮力气，这就是蛮匠。现在想来，人人习艺，这和今天的千军万马上大学如出一辙，本事才是生存的第一法门。

最风光的要数木匠。要是木匠干活儿不收钱，那就是以工换工，规矩是一换三，就是他干一天木工活儿，你得给他锄三天地。但木匠手艺没深浅，十年学徒不成艺的，大有人在。父亲属于无师自通的那种，听奶奶说过，父亲还很小的时候，家里请木匠打柜子，他天天围着木匠师傅转，人家吸袋烟的工夫，他就把家什捞在了手里。有天夜里，院里叮叮当当彻夜不息，人们早晨起来，发现多了一只崭新的板凳。那是父亲一夜没睡，偷了师傅的工具，抢了板材，一夜打成的。那一年，他十三岁。

乡下有两种手艺最相似，一个是木匠，一个是游医。人吃五谷杂粮，生百样病症，医艺单纯了可不行，得样样下得了手。木匠也一样，没有谁家嫁个姑娘，同时请三五个木匠师傅来打嫁妆的。不同的活路要求，把人逼出了十八般手艺。有了十八般手艺，才能踩得动百家门头。

父亲是位有德行的木匠。他的同行侯师傅讲过一个故事，有一年一家人盖房子，几个木匠负责木工活儿，父亲是木工头。他和别人不同的地方是会设计绘图，一张报纸上画出房形，梁多长，檩多长，前坡多少度，后坡多少度，配多高的山墙、多高的檐墙才漂亮，一目了然。主人家做饭的是位老婆婆，七十多岁了，大约眼神不好使，有一天端出的菜里有只毛毛虫，别人都不往里伸筷子，只有父亲一口一口吃得有味，饭后大家问："你没看见一只虫子吗？"父亲说："早看见了。"

父亲十六岁独立干活儿，到死那年，行艺整整五十七年。这是个十分可怕的时长。连峡河的水都流得累了，都懒得流了，如今只剩下碗口粗的一股，只有下过一场暴雨，才活过来一回。

再精湛的手艺，也有过气的时候，艺不过气时过气，人所谓时也势也，犟也犟不过。娶媳嫁女乔迁新家，家具店里品类齐全又便宜，连房子也已经没人再盖了。死前的十年，父亲已基本无活儿可干了。要说有活儿，那就是给人打棺材。

二

没有棺材打的时候，父亲经常站在村口，送村子里的吉普车走远，直到看着它飘飘忽忽变成一只鸟，一个小黑点。

那几年，因为西秦岭黄金矿产的开发，很多人开始越过洛河，去河南省灵宝市朱阳镇干活儿。朱阳离我老家并不远，虽然是两个省，就只隔着一道洛河。洛河宽广，把它们隔成了黄河流域和长江流域。朱阳河的水混着一座座选矿厂的浑稠尾渣汇入黄河，峡河水载着山雨落叶奔向长江。

近水楼台，村里人一直有在矿山做工的传统。本乡的峡河云母矿从一九五八年就开始开采，它先期教会了人们许多后来的课程。

朝海和大牙第一次去朱阳王峪金矿打工的时候，父亲也在，他是看着这些孩子长大的。

朝海二十九岁，大牙三十九岁。朝海家离我家最近，说起来，是我表姐夫。大牙是我同学，一条板凳一年级坐到六年级。他学习成绩不怎么样，特别能起早，冬天提一只红红的大火盆，整个教室因此而温暖。在山西二峰山铁矿时他曾随我学艺，算我半个徒弟。

朝海虽然快三十岁了，但从来没有出过远门，和老婆分手那一刻就像生离死别一样。旁边的大牙差点儿笑掉了镶金的门牙："乖乖，又不是不回来了，要不，把她吞下肚算了。"

朝海把行李卷放进车的后备厢里，把媳妇煮的一袋鸡蛋抱在怀里，钻进了大屁股吉普车。车上已经挤了十几个人，都是近乡同村的小伙子，有在矿上干了多年的老工人，也有像朝海一样的新手。大牙砰的一声把车门关上，又用脚踹了两下，确认已经关死，才放下心。他把驾驶副座的车玻璃摇下来，立即一股热气冒了出来。他轰一声发动了车子。

父亲看着，已经忘记了，这是第几次送年轻人离开村子了，但他记得这些年，多少人离开，多少人回来。这会儿，父亲心里的滋味只有我最明白，因为这些年，他也是这样送我的。

过了几天，我离家去天水。父亲洗了手脸，在祖先牌位前燃一炷香一阵咕哝，有时送过竹园，有时送到二道弯。他总是走在前面，仿佛是我在送他。他问，啥时候回来？我说，不知道。走一段他又说，不干这个不行？我说，不行，不会别的。

的确，不是没有想过改行，想改，需要多少年的铺垫？女怕嫁错郎，男怕入错行，知道错了，也得走到底。这些年里，亲眼见过了多少生死？不是不怕，是怕也没用。

最后，他说，钱是小事，命是大事。我说，是。

从山下的乡公路到村里是一段坡路，是一九九〇年时村委会组织群众开云母矿修的简易公路，当年也曾无限繁忙风光，如今杂草丛生、垮垮塌塌，不少路段已经无法通过一辆三轮车了。

我从这条路走，又从这条路回。等我从天水回来时，拉着大牙和朝海尸骨的依维柯也到了。

大牙和朝海死于矿难。至于他们的死因，至今依然是一个未解之谜。去矿上谈判赔偿的人还在艰难谈判中，但人总得入土为安，趁着风高夜黑，先把尸骨拉回来再说。大牙和朝海被白布一层一层像裹粽子一样裹得严严实实，只能从个头儿的长短分辨谁是谁了。

一切都茫无头绪，棺材的事自然落在了父亲肩上，好在山上的树有的是。父亲指挥年轻人放树、解板、打棺材。这样的事，已经不是第一次了。父亲打一副，埋掉一副，打得总是没有埋得快。棺里，装着老人也盛着青年。

父亲已经不能完全挥动工具了，但还有清醒的头脑和足够的耐心。两天后，棺材打出来了，一大一小，因人而制，摆放在一起，像一双崭新的鞋子。女人们看着它们，又哭成了一片。父亲退到了一边，默默点起烟卷。

那天天上正飘着雪花，地上、远山都还没有存住，只有一些没掉落的橡树叶上落着一片两片，后一片刚到，前一片就化了。

三

这些年，城镇化快速发展，年轻人进城、进厂、进矿，村子的人也少了，因此父亲连棺材也不用打了。他像一位无人问津的过气明星，干了很多事，又似乎什么也没干，如同一个影子。

那几年，我在另一座矿山打工，在一个叫马鬃山的北陲边地，我接到初中侄儿打来的电话，说父亲天天在东梁上打石头，背石头，吃饭都喊不回去，让我劝一劝他。

我打电话过去，问父亲在山上干什么。他说："盖庙啊，娘娘庙都毁多少年了，人烟没个庙护着怎么行？"我听了一愣，一时无话可说。

东梁是整个村子唯一的制高点。山顶上，有一棵大树，已经老得认不清是橡树还是青杠。几年前的某一天，大树轰然倒掉了，村子里的人听到一声巨响。巨大的一堆柴火足有上万斤，没有一个人敢去背回家里烧火，看着它一天天沤掉。树老成精，何况它脚下曾经有过一座庙。

东梁上没有水，砌墙需要泥浆做黏合，土倒是现成的，脚底下就是。石料已经足够了，父亲一钻一锤，把它们打理得有棱有角。

父亲打庙基的大半年里，恰是我最劳碌紧张的时候。我无力也没有时间帮到父亲，亲人们也无力顾及。其实，所说的无力顾及，也就是无声的反对。父亲像一只衰老的蚂蚁，爬行在另一条路上。我们眼看着他越走越远，无能为力。

我唯一帮过他一次，就是用两只塑料桶从沟里往梁上担水和泥。时序正是四月，草木无限，乱花灼灼。梁下的村子了无生气，似乎在和这个季节反着方向走。有新房子建起来，更多的房屋在塌陷、在空置。出村的摩托车在盘盘绕绕的山路上，像梦一样既真实又虚无。

我担水和泥，父亲专职砌石头，石头在他手里，像魔方一样，跳跳转转。泥浆干得慢，不能砌太急，我们坐下来吃干粮。其实离家并不算远，完全可以回家吃饭的，但这样更简单省时些。吃完了三张卷饼，我去树林里方便，一缕颤巍巍的旋律从庙台基上飘起来：

　　　　一张桌子四四方，
　　　　张郎截来鲁班装。

四角镶嵌云燕子，

中间燃起一缕香。

玉帝差我进歌场啊！

…………

那是父亲最拿手的一曲孝歌。传了一代又一代人的孝歌从哪里来，有人说源自湖北，有人说源自安徽，谁也说不清。唱婚丧嫁娶，忠善悲欣，古今风流，一年一年围着亡人的棺材唱。悲怆悠长的调门在风中传远，打了一溜旋儿，消失了。

二〇一〇年春天，娘娘庙的墙基终于打好了，四米见方，正好可以安放下一个小小神龛，一只供桌，几条供香客休息的长凳。一个给人画了一辈子房屋图纸，打了一辈子屋梁房架的人，这样的设计施工实在是小菜一碟。可父亲实在是老了。翌年春节到来的前几天，他大病一场，血压高到了一百八，高烧不退，挣扎着过了春节，从床上起来后，一条腿就不听话了。医生说，是脑梗了，要自己锻炼，也许还有恢复的希望。

父亲个子不高，却是村里的大力王，年轻时给生产队里往县粮站缴公粮，一百里路程，能挑二百斤当天打来回。脑梗后，虽然后来有些恢复，却再也没有了力气，多少拿点儿东西，手就打哆嗦。看着遥遥无期的造庙工程，他的头发更加白了，那毕竟是他生命中最后的余响。

四

二〇一三年四月二十三日是父亲的七十岁生日。他的娘娘庙工程马上就要完成了，他真高兴啊。他对我母亲说："你看，娘娘真是有灵呢，好几年了吧，咱村子多平安呀！孩子们每年都顺顺当当地挣回好多钱，孙子也考上大学了，塬上运势要回来了！"

那天，父亲再一次给我讲述家人迁来塬上的事。

那是一九五五年酷夏，爷爷带着奶奶、大伯、姑姑、我十二岁的父亲，牵着唯一的家当——一头黑色的牯牛，从桃坪乌龟岭，汗流浃背地来到塬上。塬上这时只有一户居民，老两口，无儿无女。老两口别提多高兴了：再没人来，这里就要绝人迹了。

塬上分为前塬、中塬、后塬，形成三级高山台地，每个台地都有三十亩以上面积，树木乱草都长疯了。这么好的地方能养活多少人啊！父亲他们死心塌地住下来了，占据了面积最大的中塬。后来，刘姓来了，张姓来了，景姓来了……父亲的一双眼睛，看着土地家园，由一到百，又由盛到衰。

那天，讲过故事，吃过母亲打了荷包蛋的一大碗长面，父亲收拾泥铲，准备去东梁。庙的主梁已经架好，毡也铺上了，今天的活儿是抹泥，抹了泥，洒了瓦，就算彻底成功了。天气预报说这几天有大雨，昨天回来时，虽然盖上了彩条雨布，四角压了石头，他还是不放心。娘娘大概也等得急了，不能再拖了。

脚刚要跨出门槛，一声炸雷从天上劈下来。开始的时候，谁也没听到声音，只感到一个东西从房瓦上滚下来，它滚得很慢，仿佛巨大无比也沉重无比，而房坡平了些，那东西滚动得有些吃力。待到了檐口，没了阻力，砰的一声坠落下来，在下落的过程里，伞一样，突然打开了，释放出千道光亮。

紧接着，大雨哗地泼下来了。雨挟着风，不眨眼地下满了整个中午。门前的老核桃树咔的一声被风折成了两段，指头大的青桃冰雹一样泼下来，在地上跳啊跳。

其实，已经不用再去梁上看了，父亲还是上了东梁。

只一眼，父亲就像泥浆一样从梁上滑了下来。

五

娘娘庙被冲垮后不久的一天，我喊父亲吃早饭，推开门，他还睡在床上。他说："我恐怕再也站不起来了。"那晚上，他犯了病，但已没有了力气喊人帮助。脑梗的最佳抢救时间是八小时内，父亲错过了时间，从此只能依靠拐杖行动。

此后，父亲再也不用去修娘娘庙了，或者说，再也无法去了。

这之后，父亲严重的心梗加脑梗，又犯了无数次，每次经过全家的努力都挺了过来，但他的生命也越来越衰弱。父亲安慰大家说："没啥大不了的事，我们家族就没活过七十的人，我还能挣扎几年？"这一年，他七十一岁。也的确，爷爷六十九岁走的，大伯六十八岁离开。一个二百年前从安庆逃荒而来的家族，由大米改食玉米、土豆，由四季如春到承受猛烈的酷日和北风，机体适应的代价是生命的缩短。这是一个可以作为医学课题研究的生命嬗变。

　　二○一五年六月二十日，我和弟弟雇车把父亲送到了县医院，做最后挽救。没有人知道，此时距他的离开仅有六天。其时他已丧失吞咽功能。在医院，他被插上了胃管，接受鼻饲。在医院三天，父亲一日沉重一日，所有的药物在他身上效果为负。主治的医生说，还是快回家吧，再不回就没有时间了。

　　上车时，我想起来，三年前的某天，我用摩托车载着他沿丹江慢骑一圈，让他看看日益变化的县城和山外的生活。那天，带他来医院做脑CT，一切顺利，早早拿到了片子。而今天，已经没有慢行江城的意义了。

　　丹峦路，蜿蜒曲折百余里，奔走过多少时间的车马。三四十年前，尚没有公路，一条毛草小路连通南北。父亲每月三次担着一百多斤的供销社的担子，把乡供销社的山货送出去，把外面的新鲜物挑回来，一日完成往返任务。那时候谓之"挑脚"，是必须完成的义务工。他给我讲过许多路途的故事。父亲这一辈人，用肩膀担起过一方民生所需，一根扁担连通过一个时代物质与生活的传递。读懂上一代人残缺又丰富的人生，才是下一代人最基础的课程。

那天晚上，有一个细节，只有我注意到了。车到四十三公里碑处，父亲从昏厥中醒了，他挥了挥手，示意车停下。河对面的山畔上有一座天然石人，栩栩如生。这是父亲给我讲过的地方，当年的小路从石像下经过，年轻的他们曾在这里歇息、打尖。这一刻，他一定感应到了什么，到底是什么呢？

二〇一五年六月二十六日，父亲走完了他在这个世界摇摆如风中草稞的一生。前一天，弟弟为他最后一次理了发。白发如雪纷落，掩盖了此后我所有的星辰。

六

二〇一六年冬天，在北京金盏乡皮村，在四处漏风的员工宿舍，我在一张木板床上，写下了一首给父亲的诗：

　　身下是平整的木板
　　头顶上方也是

它们让我又一次

嗅到了你的气息

淡淡悠长的松油味

父亲　我们已远

像戌时到辰时

中间隔着漫漫长夜

而一块木板打通阴阳

这里是北京

你一辈子向往的皇城

这里是皮村

其实你来过并且生活了一生

这里的人都是拆洗日子的人

人间日月　因为这样的劳动常新　弥久

我们都是赌命的人

不同的是

你选择了木头　而我

选择了更坚硬的石头

你雪一样的刨花和锯末

我铁一样的石块和尘屑

铺在各自的路上是那样分明

这一年你住在山上

而我几乎走遍千山万水

其实人的奔波不过是

黑发追赶白发的过程

我们想想

有什么不是为了活着呢

作为生者 奔跑在微小的事物中间

努力而认真

手术

一

早晨起来，地上一片白，昨晚的雪下得悄无声息。

"五九六九，河边插柳。"新年才过，天气就暖和起来了。太阳刚冒出头，地上的雪就开始融化了，不一会儿，就只剩下大年初一燃放过的鞭炮屑，红艳艳的一层，融化的雪水也染上了一丝淡淡的红色，慢慢沁入泥土。按照风俗，要到初五后，才能把它们扫掉。破五破五，过了大年初五，有些东西才能动。

侄女拿来羽毛球拍，邀请我打羽毛球。她八岁，没人愿意和她打。我也有好多年没有打过了。

用一根电线做界网，你来我往，挑来斗去。在跳起来接一个高球时，我突然感到颈椎一动，嗮的一声，身体立刻像划过了一股电流。我知道是颈椎出问题了。

这一天，是二〇一五年正月初三。

我知道这一天迟早会来到，但没想到它来得这么快，以这样的方式来。四年前，在灵宝金矿老鸹岔一个坑口干活儿时，它就向我发出过警告。那一回，干掘进工程，三个人两台风钻，矿洞低矮，总要低着头，一干就是八九个小时。有一天到了工作面，双手怎么也拿不动机器了，需要伙伴帮助抓起来才可以操作。坚持了几天，腿也不听使唤了，到山下村里小诊所一查，医生说这是严重的颈椎病，神经被压迫了，得赶快治。吃了大半年的颈复康、盘龙七片，减轻了许多，后来的三四年间，硬拖着又辗转了许多地方，新疆、青海、甘肃马鬃山……

初五，接到《鲁豫有约》栏目组的电话，邀请我到北京参加关于工人诗歌的访谈节目录制。被一同邀请的有湖北的余秀华、煤矿工人诗人老井、鞍钢的田力。在访谈现场，我有一种摇摇欲坠的感觉，对主持人的提问没有一点儿心思回答。回到宾馆后，颈椎上像被压上了一块千斤重的石头。我对田力说："我怕没有力气回到陕西了。"

回到商州那天，正是星期六，春节假期刚结束，很多人都还没有正式上班。在商洛某医院骨科，只有一位值班大夫。他是山阳县人，和我说着同样的方言，很年轻。我花了六百元，做了核磁共振。下午下班时，报告单出来了：颈椎第四、五、六节严重后赘，韧带增厚，椎管极度狭窄。这些术语我并不陌生，因为在四年前的报告单里也同样出现过。我问医生，怎么治疗？他说，只有一个办法了，必须手术，已经没有第二个选择了。说法几乎和四年前的医生相同。

我没有选择在商洛这家医院接受手术，因为爱人极力反对没有多大安全保证的冒险。她有亲戚做过颈椎手术，前车之鉴，她知道手术失败的后果。

在西安，去往交大一附院的路上，爱人拿出了五十元钱，给了一位化缘的和尚。那是一位年轻的和尚，三十来岁，神采奕奕，背一个黄褡裢，见人必讨。转过身，爱人对我说，这是个假化缘的假和尚。

二

在交大一附院，检查结果和建议与商洛那家医院是一样的。

医生说："手术如果失败，就是瘫痪，如果不做，半年内也会瘫痪。你的情况我们是第一次碰见，椎神经已经被压迫了五分之四，换成别人早就卧床不起了，你竟然还能走路。"

我突然无比沉重、沮丧，所有侥幸的幻想都破灭了。

我不是一个容易沮丧的人，矿山爆破十六年，见惯了血腥，目睹了多少生死。前一刻还在一起说说笑笑，后一刻就被垮塌的巨石砸得稀烂；夜里还在一块儿打麻将，早晨只剩下空空的被褥。我见过的不幸太多了，从来没有沮丧过。

我突然发现，所谓的坚强，不过是真正的不幸没有降临在自己头上。

我的沉重与沮丧还有另一层原因，去塔吉克斯坦的计划泡汤了。这是一个重要的计划，干满三年，挣九十万元。如果实现了，后半生就可以与矿山生活彻底告别了。天不遂人愿，再有三天就可以拿到手的护照，也就成了一张无用的废纸。

我又问了一句："如果手术失败了，双手还能动吗？"我最后的希望是，如果双手能动，我还可以敲字换一口饭吃。

我的主治大夫姓杨，他是全国颈椎病方面的权威。此刻，他带的三位研究生围在身边看我的核磁片子，其中有一位姑娘是印度人，眼睛很大。

"不能，如果失败了，颈椎以下就没有知觉了。"他说得很肯定，"风险很大，手术中很可能伤到那仅存的五分之一的好神经。但成功率还有百分之五十。"

我说："做吧。"

在病床上，我整整躺了七天。手术的病人太多了，得等待。

同病房有四个人，其余三人分别来自山东、内蒙古和本省的铜川。山东的大爷八十五岁了，头发还不太白，他和我一样，颈椎手术，不过不是等待，他已经做完了，在恢复中，再有几天就可以出院了。他喜欢抽烟，躲在厕所里偷偷抽，被呛得一阵阵咳嗽，一咳伤口就疼得他忍不住叫一声。陪护的孙女一阵训斥。

铜川的患者很年轻，一个洗煤厂的老板。开车被撞了，断了胳膊。他的老婆是一位美人，美人每天把大量的精力用在了脸上，似乎脸比老公还重要。

邻床的内蒙古人椎管里长了肿瘤。手术摘除了，恶性的。滴注的液体用一个黑色外套套着，防止见光。我知道那是化疗药物，只有他不知道。医生对他爱人说，最多能坚持两年。这话我爱人碰巧听见了。喜欢吃羊肉的内蒙古汉子，每天只能吃到一碗羊肉烩面，所以脾气很不好。

除了等待的茫然、无助、烦躁，最棘手的是新农合的报销问题。负责床位的护士告诉我们，整个费用需要十万元，如果你们有县级医院出具的转院手续，就是转诊单，可以按照县内医疗比例报销费用，可报百分之五十，如果没有，就得自己承担百分之八十的费用，差不多是完全自费。

我没有经历县医院，我想到了第一次做检查的医院。正好，我朋友远洲的朋友是那家医院的副院长。远洲信誓旦旦地保证，这事由他来办。

连日来，他一直守在病房，这是我在西安城里唯一认识的人。他是一位作家，出过几本书。

爱人带着第一次的片子去找那位副院长，片子上打着一行医院的水印。两天后，爱人回来了。她说她在副院长办公室门口等了两天见了三次，结果是一样的，医院要创收，谁也不能把病人转出去。远洲再打电话，副院长也不接了。

我发现，这个世界，我还有太多的事不懂。在不幸面前，谁都是渺小的。人的不幸，有一部分来自人的同类。

远洲动用了所有的力量，最后动用了他的家人，他家人的同学在县医院某部当主任。结果，一切顺利。这意味着，手术下来，可以节省四万元钱。

每天在走廊上散步，进进出出的都是匆忙的人影，有多少病人，就有多少陪护的家人，陪护的人比病人还要焦灼、沉重、痛苦。只有在疾病和痛苦面前，人才是平等的，没有尊卑高低。

漫长的等待终于结束了，而真正的抉择才开始。在医生办公室，一页页协议摆在面前，上面有填不完的选项。医生指出了我们必填的部分，我数了数，有三十个空项。大部分内容已经没什么可犹豫的了，但在选择材料一栏，我踌躇了许久，国产件一万一千元，进口件三万八千元。这是一款用于固定椎体的小小金属部件，它们的价格区别竟如此之大，并且协议标示，进口件不在新农合报销范围。

医生说："能用进口的就选择进口的吧，你还年轻。有身体就还有机会。"我感觉到他的话是真诚的。

爱人说："用最放心的，开了大半辈子矿，也就这么一点点用到自己身上。"

我突然无限感慨，它们或许是经过我的爆破而见天日的某块矿石，被运送到大西洋彼岸，变成医疗用品，再渡重洋，成为我身体的一部分。它们不会说话，但我们早已认识。它们以这样的方式，作为对一个开采者的"报偿"。这是一个多么荒诞的轮回！

三

护士通知说，下午手术，现在给患者洗一次澡。

厕所即是洗澡间。淋浴的龙头很无力，出水量很小。有一面镜子在墙上。爱人在我头上、身上打了肥皂，她的手势缓慢而有力。这是一双拿了三十年锄柄的手，数不清的日子和生活，被它抓住，又从指缝漏走。她的青春被这双手撒在了阴晴圆缺的时光里，被风吹尽了。

在镜子里，我看见爱人一脸凝重。她像对待一件器物，一丝不苟，不放过任何一处隐蔽的地方，最后又打了一遍香皂。

时间到了，我拿着资料袋，走向一道白色的门，门内人影匆匆，左右各有两条长廊，长得仿佛没有尽头。我知道，这里通向重生也通向死亡，通向希望也通向失望。

门无声关上了，那一瞬，我转过身，向爱人和门外所有的人摆了摆手，他们不认识我，但我知道他们会为我祝福。

医生和护士最后核对了一遍资料，在一张荧屏上再次确认了X光片上的图像和数据信息。我的身上缚上了许多条管子。我听见他们说："开始。"一支针头扎进了我的手臂。

天还没有黑，透过窗户的光，我感到暮色正在降临。大街上人来车往，世界忙碌而有序。而另一片夜色飞快地落下来了，像一块巨大的帘子。世界一下子黑透了。

不知经过了多长时间，渐渐地，我听到了说话声："慢点儿，慢点儿。很顺利，很成功。到了，到了……"爱人的声音、远洲的声音、陌生者的声音……

多年以后，爱人常常描述我出手术室门那一刻的情景：脸色灰白，努力地想睁开眼睛却又睁不开，身子很长，仿佛比平时长了许多。她说，人死时，可能就是这个样子。

重症监护室二十四小时留观，这是每个手术患者都必须经历的环节，当然收费也是很吓人的。我整个身体被固定在一张铁床上，伤口使用了止疼泵，是木木的感觉。只有在咳嗽时，身体发生震动，它才会疼一下。为恢复颈椎的曲度，取掉了枕头，头放得很低，一阵阵晕眩，像正在坠入深渊。

肚子异常地饿。医生说可以喂一点儿流食。爱人买来了小米粥，一勺一勺地喂进了我的嘴里，它们又一点点流进了肠胃。胃肠发出了咕咕的迎合声，它们已四十八小时滴水未进了。小米本无味，但我闻到了一股土味，淡淡的。二〇一二年初冬，我在延安青化砭的一片山坡上见过它们。那次，地上落下一场早霜，百草迎风枯萎。山上有一片苹果园，没摘尽的苹果也挂上了一层霜。下了早班，我们去摘苹果，在一片斜坡上，我看见了它们，它们也被收割完毕了，但秆上还有几穗，沉甸甸地勾着头。粟，最古老的粮食品种之一，几千年时光如幻，它们心性无改。我捋了一把，放在嘴里细嚼。那是一种和黄土一样的味道，醇厚、饱满，又似于无。

二十四小时，仿佛二十四年一样漫长。

回到病房。接下来就是等待伤口愈合。为了防止移位，我戴上了颈托。

山东大爷已经离开了，空下了一张床位，暂时还没有人来填补。铜川的年轻人和内蒙古的汉子还在。直到后来我离开时，他们都在。

为了减轻寂寞，我们会轮流讲一些故事。天上地下，今事旧闻，讲着讲着就忘记了病痛。有时候，查房的护士姑娘也站着听一阵。

铜川的年轻人讲过一个故事，我至今还记着。

铜川无铜，但有很多煤，又远远没有榆林神府那样储量大又优质，东一处西一处遍地开花。他说，他家老房子后边有处煤矿，不知道开采了多少年，记得祖祖辈辈都在开采，他爷爷开过，他父亲开过，到他手上还在开。岩石不好，容易塌方，凿出的矿洞跟一个个狗洞似的，早年间用柳条筐装了煤往出拖，到了后来，有了顶木支护，用骡车拉。骡子使用顺手了，不用人赶，它自己一趟趟进去，一趟趟出来，人在两头装卸就行。

有一天，挖煤的人把一条古采巷挖穿了，从里面蹿出来一个煤妖，一丝不挂，和人差不多高矮，不会说话，嘴里呜呜喳喳地叫，谁也听不懂。那妖怪手里拿着一块煤啃，十分香甜。人们见它并没有伤人的意思，就用骡车将它连煤一块儿拉了出来。挖煤的人都带着干粮，白面馍馍加苹果。人们给煤妖吃馍馍就苹果。煤妖吃了一个馍馍又一个馍馍，啃了一个苹果又一个苹果，根本停不下来。待人们想起阻止它时，它倒在地上大叫一声，死了。拉它出来的骡子仿佛受了惊吓，长叫一声，拉着煤车蹿下了山崖，也死了。

后来有人说，那根本不是妖，是人，也不知道多少年前，在洞里挖煤，突然塌方了，不幸地被关在了里面，吃煤块，喝煤水，活了下来。最后大叫那一声，是河南话，人们突然想起来，那拉煤的骡子，买自河南。

是真是假，没有人说得清，故事原本多无考，但小铜川讲得信誓旦旦。

四

回到家，梨花开了。

"穷人莫听富人哄，梨子花开正下种。"古老的农谚里，这个时候，家家户户开始种早玉米了。地丁、黄花丁都钻出了地皮，东一片西一片，努力地要抱成一团。潮湿的春光里，喜鹊在枝头搭出新窝。

早已没有耕地的牛了，土地要人工深翻。爱人用一把宽刃的锄头开地，我坐在地边的一块石头上，看她翻完一垄又一垄。新翻出的泥土有一股好闻的湿气，那是一种无法描述的味道，待过一阵子，风一吹，那味道就消散了，那消散的味道要到第二年的春天才回来。

十二天，玉米种下去了。几天后，下过一场春雨，嫩黄的玉米尖从地里冒了出来，它们冒得羞羞答答。

又下过一场雨，我摘掉了颈托，虽然还有一丝隐隐的疼，但可以骑摩托车了。我骑到了镇上，上了班车，去河南内乡打工。

在三百米深处的工作面，被一茬爆破的炮声震聋了耳朵。那是我最后一次在矿山打工，关于这次打工，关于耳聋，我写过一首诗，叫《耳聋记》：

二〇一五年某月某日

那个人从罗家村乘车下南阳

在经过丹江大桥时

河水还在梦中

河边的三只鸭子嘎嘎叫着

像三朵新开的白莲

它们不知道

路过的那个人

那天刚过四十四岁

更不知那人此一去再也没有回来

那一天是他一辈子的最后时光

那一天之后

他活得何其漫长

那一天三一二国道朝秦暮楚

它经过的州府都喜气洋洋

它最后抵达的那道山崗

野花繁艳

山体里的金锭灿黄

山上的玉兰树

都有了少女的模样

三十三天后他离开时

它们大都无声地开了

它们把花香和声音

从他身上摘了下来

在又一次经过丹江大桥时

三只鸭子还在

但都哑了

在经过七里坪时

他看见一群人在旧台子上

无声地演唱豫剧《武家坡》

台上的鼓乐和宝钏在悄悄哭诉

台下黑压压的人群悄悄地听着

他看见

台下人身上的戏文比台上的还多

台上人还有寒窑

台下人的院子刚被拆过

陪读的日子

一

推开门，闻到一股白菜叶子的腐烂味。

门窗紧闭，略为腥酸的腐败味充斥了整个屋子。在屋子的东墙角，一张铺开的编织袋上码着一堆白菜，这是一个月前我从百里外的老家，用摩托车捎来的一捆白菜的剩余部分。上面的一层，叶子已泛黄，因为缩水而紧紧地抱在一起，筋络根根毕现。紧贴地面的几棵已经腐败，渗出一摊水渍。案台上，一棵洗过的白菜，菜体腐烂的部分被菜刀清理掉了，残损但清爽，等待着下一次炊事。显然，这些日子里，这些白菜叶子是儿子肚里的主食。穷人的孩子早当家，这当家之一，就是搭锅做饭。

二〇一六年，儿子正读高二。这座狭长县城的偏僻巷子里，我们一家三口在一间十平方米的老屋租住近两年了。这里距儿子的学校差不多一公里，租金要比学校周围的房子便宜一半，坏处是上学、放学儿子要奔跑着来去。初住时，可谓家徒四壁，除了一张床板，一无所有。冬天冻死，夏天闷死。后来我们有了一台电风扇、一张简易的书桌、四五只装杂物的大纸箱。这也是所有租读家庭的家当和情状，可以尽可能腾出少得可怜的空间，也便于随时离开。

县城距老家并不算遥远，但依然十分陌生，在此之前，我们仅仅在需要办某些大事时，才会匆匆而来、匆匆而回。在乡下人的意识里，城乡永远是不相交的两个世界。声势浩大的城镇化浪潮之下，也有许多乡下人搬到了县城，但依然是身在曹营心在汉，即便心里明白已无回头路了，依然不完全认同城里的这个家。大家每天在自己的屋檐下寄人篱下。一个最有力的证据是，每年的大部分时间，他们仍会回到老家颓败的老屋住一阵子，按政策这些房子会在三年内扒掉，退房还林还田，自入城那天已不属于他们了，但他们依然住得欢天喜地，至少可以省下一些电费、水费、粮菜钱，也有一种暂时的放下和自由。

儿子高一开学的时候，这儿十多平方米的租住房一个月才二百元，加上水电费杂七杂八，一个月七八百就打住了。后来租金涨到四百，电费也涨了，乡下每度五角，这里涨到一元多。陪读的父母们凑在一块儿，话题总离不了这些烦事，唉声叹气，一脸茫然。我曾见过年轻的陪读母亲，从东头跑到西头，又从西头跑到东头，无数遍地比对土豆的价格和品质，用半天时间，最后买二斤土豆。对于穷人，时间有的是，而钱怎么精打细算都没有多余的。

县城其实并不大，有人说常住人口五万，有人说四万，谁也不清楚，但仅陪读的至少有五千，撒在街街巷巷里，为这个小县城提供了巨大的劳动力储备。有的在饭店帮工，有的在旅馆帮工，按月一千，按天三十。县城建筑业如火如荼，很大程度得益于这些勤快、廉价的乡下男人。每天早晨天放亮，他们骑着自行车赶往工地，灰沉沉的衣角在风中飘动。

我至今不能理解的是，为什么这样一所全县唯一的高中，没有学生食堂和宿舍，其中有没有所谓县城经济的考量？据我所知，在西部这样的状况比比皆是。

二

县城北新街靠南的地方有一条巷子，叫南巷，长长的南巷深处有一家网吧，叫鱼在水网吧。那是学生们逃课的天堂。没有任何经济实业的县城，网吧自然是重要的实业之一，这样的实业全县城有七八家，且家家生意红火。一个有趣的现实是，在产业发达的南方，网吧这个行业倒是陷入了凋敝，因为年轻人都太忙了。

第一次把儿子从网吧里面揪出来，是个夏天。那是个阴天，雨要下不下，闷得异常。爱人给我打来电话说，老师催问了她好多遍，为什么学生没到校，家长是干什么吃的？我正从外面回来，才出火车站，火车站距县城中心还有五公里。我打了十块钱的出租车，直奔租住屋。

和爱人打遍了所有认识的人的电话，没有儿子的消息。据爱人说，他是早课走的，当时不到六点，学校正在上早操。夏天的六月，六点天早已大亮，但公交与外出的客车都还没有运营，街上的门店也都还没有营业，唯一热闹的只有网吧，那是小县城唯一二十四小时开门纳客的地方。

进鱼在水网吧时，网管们正在换班。上班的人一脸朝气，下班的人形如枯槁。屋里有二十多台电脑，奋战了一夜的人们东倒西歪一片，屏幕上依然在砍砍杀杀，这些人戴着耳机，睡得死气沉沉。看得出，他们大部分是逃课的学生，因为许多人还穿着校服。他们的父母也许此刻正在去庄稼地的路上，或者在建筑工地抱起一摞砖头……

据说有一项研究发现，容易沉溺于虚拟世界的人，命运也最容易被别人主宰。这群孩子将来也许会随波逐流，或身陷深渊，成为种种游戏的牺牲品。虽然世界一直是一个游戏场，但未来的游戏无疑更加诱人和繁复。

把儿子从座位上揪起来时，他充满了不忿，似乎我打扰了他的事业。他沉溺游戏已经不是一年两年了，从他读初中就开始了。游戏的品类一直在变化、升级，像一块永远不能到口的美味，吊着他的胃口。他智商平平，永远无力战胜或摆脱智力精英们设的局。叛逆者都有叛逆的资本或理由，而儿子一样都没有，他把堕落当作叛逆。

事情的结局是，我们全家大闹了一场。父子感情、夫妻感情都陷入危机。

我们现在也很少回老家了，一方面是车费太贵，再说回去也无事可做，一亩多的山坡地早已长满了荒草。现在种地的收成和投入失衡。这个县城要说有什么产业，那就是核桃仁加工了。因为有种植核桃的传统，一直是客商云集之地。有能力的人就从内蒙古、山西、新疆，甚至遥远的缅甸，整车整车地收购核桃拉回县城，临时招收一些散工，砸剥、分拣、装箱，发售到全国各地。一年四季走在街巷，随处可见核桃加工摊点，到处弥漫着核桃油的清香味。开始的时候，爱人靠剥核桃仁维持一家人的日常花销。但这一行也充满了竞争，来剥核桃的人前赴后继，老板把工价一降再降，依然挡不住前来的男女人群，虽然每天十几小时的劳累也只够换来一大棵白菜、几斤豆角。后来实在难讨工钱，爱人就辞工了。

县城的西边有一家葡萄酒厂，据说有百年历史，原由意大利人创办。记得二十多年前我第一次到县城，看到它的规模很大，巨大的储料仓遍地林立，在阳光下散发着白光。那是这家酒厂最辉煌的年代，我还是一位毛头青年，面对着波涛一样上班的工人们，心里暗忖：如果能成为他们中的一员，或讨其中的某个女工做老婆，该多么幸福啊！

爱人在酒厂做保洁员，每月七百元工资，逢年过节，有一桶十斤装的散酒补贴。现在酒厂效益江河日下，被西部祁连山一带崛起的葡萄酒新宠打压得喘不过来气，已裁员裁到不足百十个职工，据说还要裁。爱人对这份工作倍加珍惜。酒厂离租住屋有些距离，在我出门的日子里，为了不耽误孩子吃饭，她来回一路狂跑，路人们用异样不解的眼光目送这个瘦小的中年女人，在飞鸟尽绝的街市飞成一只惊鸿。她的心思是，将来儿子上了大学或者去打工了，她在厂里还能一直干下去，她和这个家都需要这份工作。

三

八月半，捡栗子。

老家峡河的山上，除了橡子树，最多的就是栗子树了。一片片，一丛丛，漫山遍野。栗子树花期晚，要到四月份才开，漫山那个白，真像一片浮云。而到了农历八月半，漫山的栗蓬炸开来，一阵风吹过，栗子像冰雹一样落下来。栗子分两种，野生的与家生的，家生的就是人工嫁接的，量少，主要还是野生的。

栗子是山里人家庭收入的主要来源之一，到了深秋后，它是一年最后的指望，家家孩子的秋冬学费都要靠它。"过了九九重阳节，不是风来就是雪"，待第一场雪落下来，只能猫冬了。爱人从酒厂请了一月假，我们一同捡栗子。

栗子树虽然多，但家门口并没有，要到几里外的山上捡。好在我家就在山上，总是能比别人早到一步。

早起第一步，准备干粮。这时常常天还没亮，家家烟囱蹿起白烟，如果谁家没烟，那就是这家人这天有别的事，不能上山了。所谓干粮，就是这一天在山上要吃的馍和喝的水。馍有烙的锅盔，有摊的饼，卷着大葱，也有油炸的纯面饼。喝的水就更五花八门，白糖水居多。

树多草稀，一点儿不假，栗子树下很少生草，倒是满地的脚印，人的、野猪的、毛鼠的、獾的。野物们比人更能起早，待人到了树下，夜里掉下来的栗子早被吃光了，这时候就要上树敲打。爱人比我能爬树，她个小精瘦，像一只毛猴，三下两下就上到了树顶，但她力气小，重量不够，撼不动大树，大树就由我来上。也有一个办法可以让栗子落下来，那就是用石头撞击树干，但树下却常常没有石头，要到很远的地方抱过来。

栗蓬的刺非常尖利，无论你怎么样小心翼翼，指头总是要被扎进好多刺，所以上山时，要带一根针，把扎了的刺挑出来。如果挑不出来，只能留待晚上回家处理了，抹上柴油，火烧火燎疼一夜，早晨起来，挤一下就出来了。

山上栗子树多，捡的人更多，就有空跑一趟的时候。捡栗子的人像扫荡的队伍，一会儿就是一面坡，你若没有规划，就永远只能跟在后面跑。但凡上山前，没有谁没有一天的规划，就看谁更有战略眼光了。运气好的，一天能捡百十斤，不好的，只能捡二三十斤。每斤卖一元钱。

捡栗子也是极危险的活儿，年年都有从树上摔下来的。每一张钞票，都浸透了血汗。

八月十七日早上七点多，我和爱人背着干粮袋往山上爬，今天我们的计划是去龟盖山上捡，那儿山高树密，离得远，去的人不多。这时候接到两个电话，第一个是儿子打来的，说学校要资料费，一百八十元。我从微信里给他转过去了。第二个是钟子老婆打来的，说钟子从栗子树上摔了下来，让赶紧过去帮忙。

我们到的时候，钟子还清醒着，耳孔里有血流出来，别的地方没有伤，显然是头先着了地。帮忙的人也都到了，七八个人把钟子抬到了公路边，叫了车，把钟子拉到镇医院去了。钟子老婆把干粮袋挎在身上，大家让她扔了算了，她说，到医院也得买饭吃呢！面包车扬起一股尘，立刻就不见了。

这一天，到场的人，都没有再捡栗子。

四

矿山的活路如琴弦断续，急时暴风骤雨，缓时泯息无声。出去，回来，再出去，再回来，像走马灯一样。二〇一四年，对于我来说，是一个糟糕透顶的年景，先后三次入疆，两上东北，电话费和路费耗去九千多，一事无成。在甘南迭部的洛大乡某山上，我把背了多年的背包丢下了山崖，发誓再也不上矿山了。

不料一语成谶。第二年六月，在西安交大一附院，我接受了拖了多年的颈椎手术。在医院由手术到恢复的一个月时间里，爱人奔跑于两地之间，为了省下一些钱，她选择坐火车，而最便宜的列次抵达县城时，常常是夜里零点，更糟糕的是，从县城的火车站到租住的地方，有八公里。这个时间，早已灯熄人寂。

儿子每次都会做好了饭，等着为妈妈开大门。第二天在课堂上，他因为打瞌睡，被老师一次次叫起来。这段时间，本就不好的成绩，更是一落千丈。对整个家庭来说，更是雪上又添一层新霜。

其间，儿子逃学回了一趟老家，去山上挖苍术。苍术是一味稀缺的中药材，喜欢在山梁缺水多阳的地方生长，那是我们小时候每季学费的来源。这些年，因为保护山林，草木遍生，苍术已无栖身之地，变得越来越稀少了。儿子经历了怎样的过程，我们不得而知，当他妈妈接到学校电话，赶回县城时，儿子拿出五百元钱，高兴地说："妈，不怕，我们家有我呢，我能挣钱了。"

我的隔壁邻居，也是我的老乡，更巧的是，我们曾同在秦岭某个矿口共同工作过，干着同样的爆破工种，只是不在同一工作面。那时候我们还不相识，他叫汪石成。

汪石成后来去了塔吉克斯坦做爆破工，那里有很多我的老乡，开采铅锌矿。他们的收入情况，每天的工作和生活内容，我无从知道，那是个不通信号的荒凉山地，喀喇昆仑山的一支余脉。我所知道的是，那里终年无雨，巨大的苍鹰从天空投下缓慢的影子，成为大地上唯一的阴影和时间的证物。因为在山的这边，叶尔羌河流经过的地方，我有过半年的生活经历。

二〇一六年的某一天，他突然信心满满地蛊惑我一同去办护照，要去塔吉克斯坦打工，他说，在那边干满合同约定的三年，可以得到一笔天文数字的薪金。这个天文数字是九十万！

那时候，我的颈椎已恢复大部分，除了偶尔转动过急时有些不适，已经可以骑摩托车了。但我隐约觉得，他说的这些，虽不是骗局，但有太多水分。矿产业正江河日下，即便老板守信，也得有巨大的暴利支持呀！

可除了矿山，四顾茫然，我不认识另外的世界，另外的世界也不认识我。汪石成走后，我还是悄悄办了护照，天天等着他的好消息。这样一等，就是两年。他的孩子已高中毕业，他的爱人也白了头。询问她，她也说不清情况。好在再有一年，合同就期满了。

二〇一六年六月，我到了北京，在靠近温榆河的金盏乡皮村的一家民间公益机构做临时工。这是一个特殊的群体，他们来自天南海北，在这个北京城边缘的地方，办起了打工博物馆，成立了工人艺术团，办起了打工子弟小学，成立了文学写作小组。开始时，我在仓库帮忙分拣捐赠过来的衣物、图书、家用小商品，这些东西一部分拿到自办的小商店以极低的价格出售，换取机构运转的资金、工友工资等，另一部分整理后，被再次捐赠到全国各地的贫困山区。

后来，我跟着货车，去北京城的各个捐赠点接收捐赠来的物品。货车清早出发，下午或半夜回来，这一年我才认识了什么叫堵车。在二环，在五环，在许许多多路段，经常被动或主动堵六七个小时。车外灯红酒绿，车内饥肠辘辘。我也认识了人们口中的朝阳大妈，一群戴着治安红袖箍、操一口普通话的不年轻女人，还看见了来自天南海北的各色人群和他们生活的一鳞半爪。我利用近水楼台的便利，为自己为家人，以优惠的价格购买了整整三行李箱衣服，包括二手的内衣，这些衣服足够我们全家穿戴十年。我突然发现，北京与别处在本质上并无区别。一天，我站在天桥上，突然想，世界和生活从不慌张，慌张的是被世界和生活押解着的每一个人。

假设世界是一所学校，我们每一个都是陪读的人，而被陪读的人又是谁呢？

在温榆河的堤坝上，看河水汪洋，遥想它流入大运河的历程，冥想沿岸的风物人烟，多少历史如晦，我写下了《皮村组章》一大组诗，它们作为代表作品使我后来获得了某个诗歌奖项。

五

我总是三天两头被老师叫去办公室，接受各种关于儿子情况的询问，最多的是：你家孩子总是旷课迟到，成绩一天天下降，是怎么回事？

我也不知道这是怎么了，儿子每天准时上学，按时回家。和平常没有任何不同。

他妈妈去渭北的韩城塬上给人摘花椒去了。这是一个和麦客异曲同工的苦业，一样的烈日，一样的漫漫长天，一样的紧张、苦累。她们是继麦客消失之后的另一群飞飞落落的候鸟。关于这个群体的生活，可以写一本书。

天气已显出寒意，毕竟已经深秋了。出门去超市买菜，发现很多人已经穿起了毛衣，年轻的姑娘花红柳绿，脚上穿上了长靴。人们嘴上吐着寒气，在风中行色匆匆。凤冠山上的大叶杨开始黄叶漫漫，有一些灌木正在秃去，季节不曾饶过谁。

推开门，儿子正在书桌上用手机打游戏，那样陶醉，那样专注。想起老师的一次次电话，想起他从不敢示人的成绩单，我突然血就上了头，将手机一把抓来，狠狠摔在了水泥地上！手机依然在呜呜啦啦地播放着游戏画面。我又从地上抓起来，用力拧了一把，它才停下来。这是儿子用初中三年节省下的钱买的手机，对于我们的家庭，对于他，都奢侈得过分了。

我曾无数次问过儿子："为什么要沉迷于这样一款叫天天酷跑的游戏？"他总是回答："你不懂。"有一次被问急了，他说："这个玩成功了，也能挣钱，有人就挣到钱了。"对这方面，我也许真的不懂。我也曾问过他对自己命运前途的设想，他总是说，没有设想，想也白想，走一步，看一步。他的同龄人多数也是如此回答。看着他一天天长大、走远，向着我看不见的远方，我常常感到无能为力。我养育了他的身体，尽力满足他的物质需要，而在心灵的互通上，竟从来不是父亲。我不是，很多人都不是。

这一天，又该放学了。

我盛了饭，端到桌上，走到院门边。

远远地，一个熟悉又有些陌生的身影从长长胡同的那头走过来。他风华正茂，身体充满了英气和力量。生活和未来的岁月向他逼近，他懵懂又隐隐清晰地走在内心和身外的世界里，像一株新鲜茁壮的植物。一代人有一代人的命运，一代人有一代人承接命运的方式，或许他会用自己的力量给这个无限世界一个不一样的解答。

我喉头突然一热。

割漆的人

一

西北风吹起来了。漫山遍野，野金菊开成了黄灿灿的灯盏。

倾斜的荒坡上，一群孩子昂着头，神情兴奋地望着树顶。高高的树顶上，一个人拿一根长长的竹竿，一下一下敲打着枝头的漆籽串儿。季节正是深秋与初冬交接的当口，漆树叶子差不多全落光了，没有落下的那些，红得像撕破的绸布一样，随着树身的晃动，不时地往下落着，反倒是漆籽串儿结实得像被黏住了一样，多少下也敲打不下来一串儿。漆树高大傲然，苍黄间显得空无遮挡，一阵风猛然从坡底刮上来，树上的人立即停了竹竿，紧紧抱住枝干，枝干摇摆飞舞，像要把他抛飞起来。

这是我年少时年年经历的情景。

打下来的漆籽串儿，经过许多道工序后，榨了油，人吃。比起长大后见到的麻籽、棉籽、蓖麻籽，漆籽出油率简直低得可怜。大人的说法是十斤漆籽一斤油，这还是长在有肥力的地里、籽粒饱满的那些，如果是长在荒坡薄土上，树又老得半死半活的，十五斤也出不了一斤。漆籽串儿先要摊在土场里翻晒，秋冬风劲，晒干脱梗都容易，难的是核肉分离。漆籽的核含油极少，用来榨油的是籽肉部分。先是在碾子上一道道碾压，轻不得重不得，待碾压得籽肉完全分离了，用筛子将它们分开。漆油榨制的过程我没有见过，因为村里并没有油坊，要拿到人口更集中的大村子的油坊去。我吃过漆核做的炒面。漆核比绿豆小，形如肾，扁圆体，非常坚硬，用铁锅炒熟了，在石磨上磨许多遍后，用粉筛细细筛了，掺了同样炒熟的玉米面、黄豆面做成炒面。漆核炒面顶饥，但涩硬，要用冬天的软柿子做拌汁才好吃。

　　漆，四川人叫干漆，湖北人叫大木漆、小木漆，湖南人叫山漆，在我老家这地方就叫漆，是从漆树上人工采割收集起来的特有涂料。我小的时候，家里有两只碗，草碗，用麦秆编织，里外涂上漆，黑亮亮、沉甸甸，我用得不想用了，弟弟用，弟弟不用了，妹妹用，这两只碗一直用到我高中毕业那年。盛了饭，不漏，不烫，水洗过，黑晶发亮，越久越新。我大表姐出嫁，家里陪了一只桐木衣柜，大姨夫是匠人，山上自采了漆，涂了一层又一层。大表姐爱美，那时没有穿衣镜，光亮的衣柜漆面就能当穿衣镜。每天早上起床，漆面鉴出一位美人，到她女儿出嫁，还在用。总之，漆就是这么牛，牛得从古到今，割漆人比漆树还稠。

二

峡河两岸山上的树木以青杠树、橡树、栎树为主打，其次是松树，漆树不到一成，但这一成就不得了，引得南方人千里来割漆。记忆里，安徽人补锅，浙江人弹棉花，四川出割漆匠。

割漆到底挣不挣钱？村里人都不知道，我的判断是大概不挣钱，如果能发财，也用不着年年来割了。割漆人成帮结队，各占一座山头。他们先乘火车，再转汽车，最后包一台突突冒烟的四轮拖拉机，辗转千里。他们一般不住在当地人家里，人太多，也住不下。他们带了锅碗瓢盆，自己做饭。山坡上，挑块平坦些的地方，搭起一溜儿塑料布帐篷，做饭的厨房、睡觉的通铺、洗澡的浴室，全有了。十岁以前，我没见过大米，村里大部分人大概都没见过。山地贫薄，只生长玉米与小麦，直到我二十岁到了渭河边上，才见到成片荡漾的水稻。有几回，他们吃饭，我就躲着远远地看。那白米饭真白，白得像端着一碗雪花子。他们没有绿叶菜，吃的是从老家带来的腊肉，一口饭，一坨肉，再喝一口酒。他们上山走了，我把随洗碗水泼出去的米粒捡起来放到嘴里。经水洗搓过的米粒已没有香味儿，但十分软糯，舌头一顶就要化掉。我含在嘴里，小心翼翼，一直含到夜落下来，月亮升起。

割漆的人先在漆树上绑木棍儿，一步一步，像梯子，一直绑到树顶，如果是两棵正好很近，一梯二用，既省事又安稳。他们用一种半月形的弯刀，在树上割出指头宽的口子，左一道口子，右一道口子，错落又匀称。他们又用一种半月形勺状东西插在口子下方，后来我知道那叫蚌壳。漆开始是白色，一会儿就变成了褐黑色，慢慢往蚌壳里流。整棵树看上去，像睁开了无数只眼睛，在无声地流泪，也像一串嘴巴在傻笑。

割漆的队伍里有老有少，也有女人。女人做饭，也能上树，上起树来飞快，如履平地。她们说话粗声大气的，用弯刀砍柴砍肉，生猛得让人害怕。队伍里最多的是孩子，第一年学割漆是没有工钱的，只管饭和路费。有一个叫小伍的，后来成为我最好的玩伴，那一年，他十三岁，我十岁。下雨天上不了工，他来找我玩，我们摔跤或做泥哨吹。有时候懒得回去，他就和我一块儿睡。小伍个子比我矮很多，他的眼睛非常好看，圆圆的，很灵动，晚上睡着了，也能看得见双眼皮。

小伍不会说我家乡的方言，但他会说普通话，和小广播里的播音差不多。他只读完小学，不知跟谁学的。有一回我们去摘马蜂窝，他说一个蜂崽等于一颗鸡蛋，吃了，几天就能胖起来。我信了他的话，我们去南山上摘。有一棵树上的马蜂窝像一只巨大的地球仪，密密麻麻的马蜂们组成了密布的山川湖海。他用我的衣服包裹着头，连眼睛也不露，往树上攀。那一天，天有些燥热，马蜂们也很暴躁，小飞机一样向他身上进攻。那天到底没有摘下来，小伍浑身被蜇了七个洞，当天晚上就胖得认不出来了。我妈给他涂了蒜汁和碱水，第二天又能收漆茧了。

割漆口最好的时间是太阳出来之前，"日出开刀，日落收茧"，茧就是盛接漆汁的蚌壳。小伍还不会给漆树开刀，他手脚麻利，专门负责收漆茧。如果树年轻，又是初次开刀，漆会很旺，一天要收茧好几次，小伍小猴子一样每天攀上爬下好几回。如果漆还没有结膜，会很稀，不小心会流得满手满身，会中漆毒。漆毒是会要人命的，学割漆的人要扛得住几回漆毒，才能"毕业"，成为一名好的割漆工。

我们的小学校连着卫生院，一样的土坯墙，一样的灰瓦，一样的石头墙脚，只是学校比卫生院地势高一点儿，从教室的窗户可以很清晰地看清卫生院的门帘，进进出出的人，有的急，有的缓，有的自己走路，有的被人搀扶着。医生都不穿白大褂儿，像种地人一样，一个裤腿儿卷着，一个裤腿儿盖到脚面，脚上是一双黄胶鞋。

有一天，我看见一个人背着另一个人跑进了卫生院的木门，不是走，是跑，这是我从一年级到四年级看见进卫生院大门最快的人。背人的人我不认得，背着的人我一眼就认出来了，是小伍。

到放学时，我看见卫生院的墙根儿，躺着小伍，地上是一片编织袋，那时候编织袋还很少，因而显得又白又薄，很新奇，很扎眼。他的身子直直的，正好是接起来的两张编织袋的长度。小伍不是睡着了，是死了。漆毒，没救。我到今天也不明白漆毒是怎么回事，我见过漆毒的厉害，先是红肿，然后发热，浑身抽搐。

小伍被埋在了卫生院对面的山根上，埋他的人在坟前栽了一棵小柏树，走了。二〇一三年，柏树长到了合抱粗，适逢公路拓宽改线，柏树被砍掉了，做了棺材板。传说是有人故意主持改线的，目的是砍那棵柏树。改了线，公路反倒更弯曲了。

三

初中毕业那年，我十五岁。我个子长得快，俨然一个成人，只是还没有喉结，说话声音有些弱。直到现在，我也没有长出喉结，声音还是弱，不知道这是为什么。我妈说，长得太快，饭没跟上。那时候已经包产到户，农村正经历千年未有的大变革。听老师说，我考上了高中。高中需要生活费和学杂费，对于家里来说，这是一笔陡增的费用。父亲给人打一天家具才两元工钱。我就跟着割漆工去割漆。千里外的人都来割漆，我没有理由不去割。听说漆匠的收入是木匠的四五倍，如果运气好，一季下来能挣几百。

时间好像是六月，或者是七月，那时候的暑假特别长，长得一个暑假要理三四回光头，到开学时头发又老长了。这时候，土地包产到了户，山林也包产到了户，不能随便割了，割漆要到很远的高山上。那地方，鸟都飞得累，人们也懒得管。这一年的割漆人来自达州，长大后我才知道那是一个靠近陕西安康的地方。他们一共十五个人，加上我，十六个人，十四男，两女。生产队长给割漆的领头人说："把这娃给我带上，好好教教他。"因为我的身体优势，因为山林"地主"之利，我跳过了学徒期，一入行就是工匠待遇。那时候，也没有割漆人付山林承租费之说，挣多少就能落多少。

大家选择割漆的地方叫小沟，其实可不小，从坡底喊一嗓子，山顶听不见。说音传十里，可见这地方并不止十里方圆。这片地方一直存在争议，峡河乡说是属于自己的地盘，另一个乡说是属于他们的地盘。在山林不值钱的时光里，属于谁不属于谁并不重要。十年后，西部开发，山林开放，有了经济价值，双方为这片山地打了八年官司，打到都倾家荡产时，法院说，别再打了，你们五五分。结果就一方一半了。

大家选了一片开阔的地方驻扎下来，旁边有一汪泉眼，汪起一个小潭，那是野猪们喝水打滚儿的地方，现在它属于我们了。还有一个原因，漆沾到了肉上，会发烧发烫，在没有溃烂之前，浸在水里，泉水冰凉，比什么药都强。这是大家告诉我的方法。之后，我看见一些胳膊肿得通红的人，把胳膊浸在水里，从早上浸到下午，捞出来，像半蔫的老黄瓜，真的不红了。

男人们的名字乌七八糟，差不多我都忘了。两个女人我记得，因为名字都简单，一个叫玲，一个叫红。玲专门负责做饭，红和我们一道爬树割漆。一个生猛，一个文弱，如果打架，估计玲能打倒两个红。到吃饭时，玲那一嗓子，比男人都有力气。声音打着旋儿，在远远的山崖上撞出回音。她的丈夫张昆林是队伍里个头儿最高的，有一缕小胡须，也是最俊的一个男人。

在山外，此时差不多正是花尽果圆，小沟里树木遮天蔽日，地上正开着一片一片说不上名字的野花，有的三五朵，有的连缀成一大片，品类各不相同，它们的香气也各不相同，不同的花香与不同的树味纠合在一起，共同组成了山林的味道。这味道，说不出来。它与每天早晨的山雾一起升腾，日落时，又随着夜气回来了，与那些没有升腾尽的味道纠合在一块儿，让夜晚漫长而迷醉。

每天早晨天刚亮，大家都要起来爬树。一夜间，漆茧该满了，漆口需要再加一刀。我们林鸟一样散落在茫茫树林间，彼此很近又很远。雾在大家头上萦绕、穿流、涌荡，向天空上漫游。红穿着一身红衣裤，松鼠一样，一会儿在这棵树上，一会儿在另一棵树上，一会儿在树顶，一会儿在树腰。男人们倒显得笨拙许多。若干年后，我经过克拉玛依油田时，看见工人们都穿着一身红衣，款式与颜色和红的一模一样。我当时猜想，红的某个亲人当年一定在油田工作过。

玲收拾完了锅灶也割漆。她胖，上不了高树，就在树低处开刀，张昆林上了高处，就把低处的空白树干留给她。玲手臂上沾了漆，怎么也洗不掉，像被文了墨画。我看见张昆林几次用刀给她刮。漆斑刮下去，刮出一片红来，张昆林在上面咬一口，再吹一口气。玲见缝插针地做割漆工，一方面是多挣钱，一方面也是活路的需要。从初夏到秋天，割漆的好季节满打满算四五个月，一面坡的漆树没有割完，实在可惜。割漆人漂萍一样，而明年能不能再来，只有天知道。所以大家都把活儿赶得很紧，恨不得一个时辰当一天用。

割漆的活儿，最难的不是给树开口和加刀，而是收茧，即把漆汁收回来的过程。漆茧密密麻麻，像树叶一样层层叠叠，要一片片摘下来，把漆汁收在桶里。漆汁有干有稀，但都要用一支竹片来剥离剔净，这个过程中双手时时离开树干，全凭两只脚平衡身体，避免掉落下来，经常需要用一条腿绕住树干。在收茧剥漆的过程中，难免会有漆汁洒泼到身体上。大家衣服上、手上都布满了漆斑，浸了漆毒的皮肤肿起来，消下去，循环往复。

割漆队伍分工明确，开口工、收茧工、煮饭人、采购人、售漆人。各有各的任务，各有各的责任，人尽其才，物尽其用。售漆人负责出售生漆和收款。割出再多的漆，没有销路，卖不上好价，也是白搭，售漆人的能力与门路显得非常重要，虽然生漆从来不愁卖。割漆的队伍也各有各的销售门道，收益却有着很大的差别。胖胖的老黄是我们这支队伍专门负责卖漆的人，他不干活儿，专门负责后勤供给，一副小背头，很有气势。他将漆卖给福建人，福建人在西安接货、付现。这是他打交道好多年的客户了。

四

山麻鸡在树上一声一声地叫："大火烤烤、大火烤烧……"这种呆头呆脑的山鸡是山林中最早醒来的家伙，总是叫过三遍后，天才会亮起来，没人考证过它是不是与家养的公鸡同音调，体格却不在家鸡之下。我吃过，是大伯父用土铳打下来的，它的肉柴，不怎么好吃，炖的汤有一股说不出的掺了百草的香味。我听村里大人们说过，山麻鸡叫得急，这天一定有一场大雨。

果然，中午才吃过饭一会儿，有些人上了树，有些人还在树下，有的还在半道上，先是一声炸雷，接着是一道闪电。炸雷从我们头顶隆隆驰过，像一堵崖石猛然裂开来，石块有大有小，互相撞击、滚动。闪电在这些石头间出没、奔跑。大雨哗地下来了。

走在半路上的人，急急往回转，几个才到树下的人，有的往回跑，有的找块岩坎躲起来，苦了树上的人，急急忙忙往下退，却又下不来，漆口里的漆汁汪汪流淌，要小心，身上的漆筒更要小心翻倒过来。雨珠劈头盖脸，砸得眼都睁不开。有人就索性蹲在树杈上，等待雨停。到了家里的人，纷纷拿了伞反身回来，给没回来的人送遮挡。

玲扭着身子，顶着一个锅盖冲出来，她老公张昆林还在一块岩石顶上的歪脖树上。张昆林个头儿高，树又细又直，树干上一排排漆茧，漆汁汪汪地流，怎么也下不来。雨水顺着树干流成了线，他浑身湿得没一处干的。玲喊："快抱住树往下溜，管它漆茧不漆茧！"张昆林抱住树干没抱紧，石头一样砸了下来。

张昆林被七手八脚抬到工棚里时，天上的雨也停了，雨来得急，去得也急。太阳重新从云层里冒出头，依然金光灿灿，那么有力，仿佛刚才只是打了个小盹儿。张昆林疼得直咧嘴，但一直没有出一声。他的小腿上，插着一根竹茬，这是扎扫帚的人砍过留下的，快刀砍毛竹，留下的是斜茬，锋利无比。竹茬顺着小腿一直插上来，有大半尺长，外面只剩了一点点梢头。梢头上却没有一滴血流出来，张昆林的小腿精瘦，几乎不见肉，皮把竹茬包裹得太紧了，像剑鞘里多插了一柄剑。

大家七嘴八舌说怎么办，有说往山下送，有说快去请医生。玲在灶台上给老公煮鸡蛋，她煮了八个荷包蛋端上来，碗里放了两把糖。她说："快吃了，不管咋样先补一把力气。"张昆林一口一个，吞铁球一样吞下去。有人在外面用竹子绑担架。地下的树叶枯草因浸了水，暄腾得很。

老黄手里拿了一把虎头钳走过来，把一根点着的烟插在张昆林嘴上，说："张兄弟，你怕不怕疼？"张昆林说："格老子的，

112

不怕！"老黄对红喊："去给我用盐水煮一块棉布来！"红应一声奔去了灶房。

老黄把张昆林的腿拉过来，放在自己怀里，让两个壮力抱住对方的身子，他一寸一下按张昆林的腿，末了，用虎头钳夹住竹茬露头的部分，喊一声："都给老子闭上眼睛！"闪电一样，长长的竹茬被从张昆林的小腿里拔了出来。张昆林"妈呀"一声。所有人都睁开了眼。大拇指粗的竹茬上带着血丝，却不带血渍。我躲在后边一阵战栗。

红把一块折叠过的白布闪电一样捂在了张昆林的伤口上。那是一件带着小碎花点的女人内衣。血慢慢洇了出来，在雪白的布上，像一枚山丹花瓣绽开。老黄拿过来一瓶白酒，拧开盖子，隔着碎花白内衣细细长长浇下去，白酒和血水在地上延伸出一股小溪流，开始是鲜红，渐渐变淡红，最后恢复了纯酒色。一瓶酒倒过一半，老黄说："行了。"

小沟离我家隔着一道岭，翻过岭头，下一段坡，就是我家了。我已经好长时间没有回过家了，鞋子和衣服太久没有换洗过了，有一股臭味，裤裆早磨破了口子，变成了开裆裤，我用几片构树皮扯缀着。我有些想家了，自告奋勇要求去卫生院给张昆林买消炎药。

上了岭头，余晖从西边打过来，清晰地画出岭头绵延的分界轮廓。雨后的世界更加鲜亮、驯静。天空蓝湛湛的，像被抹布才抹过一样。山腰上的村子稀稀落落，鸡鸭们轻步慢摆地享受一天里最后的时光。峡河在山脚闪着黄光，流向十五岁的我还无力知道的远方。

五

不知不觉，天渐渐凉了。

开始时，大家都在平缓些的、树木茁壮稠密的地方割，慢慢地，向着陡坡、岩坎的地方转移，那些苍老的、稚幼的漆树也都刀口加身了，再慢慢地，漆口由"柳眉"变为了"牛眼"，不能再加刀了，漆口太大，漆汁流尽了，抗不住冬寒，来年漆树会成片死掉，这是犯大忌的。

整个夏天，风调雨顺，一点儿都没耽误干活儿，每天漆汪汪流出来，茧哗哗收回来，老黄三天两头忙着往西安送货，福建人的钱都不够用了，说欠着，但价格还是高价。欠着就欠着，多少年的老客户了，大家都不怕。

风刮得紧起来，也有力起来了，经常有漆茧从树干上被吹落下来，漆汁洒落了一树一地。漆落在草上、叶上，草和叶子用不了半天就会变黑变枯，好奇的野蜂、野蝶也死在上面。山顶上的野杨树渐渐变黄了叶梢，这是发芽最早也是落叶最早的树种，也实在是因为它长得太高了，树高招风。树们和草们由翠绿变为苍绿。天上的云，不再是成块成团，变得碎裂和稀薄。

因为被欠了款，大家吃饭，高粱酒就变成了红薯酒，打花牌时，两毛钱的局也变成了一毛钱的。

那是一个清早。头天下午，天快擦黑时，天上突然下起了冰雹，按说这个季节是不会下冰雹的，不知为什么，就下起来了。开始时，东一颗西一颗，稀稀疏疏，米粒大，豆子大，指头大，下着下着，密集起来了，变成了栗子大，乒乓球大。冰雹也变得奇形怪状，有的边缘长着齿，有的带着把儿。冰雹从高高的天空上投下来，精准地砸在工棚上，有几颗穿透了塑料布，叮叮咣咣砸在锅碗上，落在床被上……清早的饭，因为冰雹造成的损失都吃得没精打采，在大家都低着头无声扒饭时，红突然呕起来。那一声呕吐太突然了，太响亮了，像突然一个炸雷带着闪电。大家都愣住了，又看着红哇的一声冲进了她的小屋子。

两天后，红独自悄悄走了。她那一身红色的外衣，挂在棚前的松树枝上，虽然漆花斑驳，但依然无比好看。那套衣服就那样一直挂着，直到曲终人散，最后变成了树枝的一部分，也没有人取下来。红回了家，还是去了别处？那一阵呕吐是病了，还是别的原因？对少年的我来说，像一个谜。我唯一听说的，红十九岁。唯一记得的，那一双细细的眼睛，有时含着露，有时含着雾。

又一天，老黄也突然消失了，大家从山头喊到坡底，从早上喊到日落，也没找到他。后来，大家在他的枕头下找到一张纸。纸的一面是密密麻麻的数字，是卖漆的收入和支出账目，另一面是一页信。我是所有人当中文化水平最高的，我一句句读给大家听：

"对不起兄弟姐妹！我走了，福建人跑了，我去找他，哪怕天涯海角也要找到他。我要是回不来了，这个秘方，我祖上传了五代，治腰疼很管用，老了，也许能用得上：老鼠蛋两颗，鸽子头两颗，瓦片上焙干，研末，黄酒冲服。"

福建人为什么要跑路，跑到了哪里？没有人知道。这是一个永远的谜。一个人要跑路，一定有跑路的原因。也许，福建人早已设好了局，也许他也被人算计了。

十几天后，我去了一所苦寒的山区中学，在那里开始了高中生活，一读三年。走的时候，我妈向邻居家借了十元钱，给我做学费。地里玉米未老，山上药材正嫩，收入是遥远的两个月后的事情。

也是从那以后，我再也没有见到过割漆人。古老的手艺，命上悬刀的人，仿佛从世界上消失了。

现在，峡河两岸的山林，依然以青杠树、橡树、栎树为主打，其次是松树，再其次是白桦、麻栎，漆树反倒越来越稀少，正渐渐绝迹，和那些我们渐渐看不见的事物一起，曲终场散。

葫芦记

葫芦好吃极了，但市场上从来没见过卖的。我这半辈子，从南疆到北疆，从青海到内蒙古，从山海关到长白山，山南水北地跑，除了在农家庭院的柴火架上偶尔见到一两回，大集小市上从没见过。可见，葫芦虽有几千年种植史，却从不曾上得台面。

老家峡河有种葫芦的习惯，说是种，其实也不完全准确，大部分应该是自生，像山上的野果子、野菌子一样，年年自生自灭着循环往复。葫芦籽吃不得，轻易嗑不开，能把门牙嗑下来。葫芦瓤像极了人脑的结构，差不多有多大的葫芦就有多大的葫芦瓤，葫芦籽生在里面，像黄口里的一排排白牙。葫芦瓤坚硬，籽扒不出来，那解了葫芦瓤的手，也懒得扒它，随手扔在了院边地坎。到了第二年开春，葫芦苗顶着两个胖呆叶子拱出来，好事的人把它移栽到有肥力的地里，搭架浇肥，铺天盖地。懒得移栽也行，它也长，顺着地，牵出长长的藤蔓，逢草开路，逢沟架桥，

117

区别是结得晚些。

葫芦做不出太多花样的菜来，我知道的有两种：葫芦丝和葫芦粑。

趁着葫芦嫩，摘下来，做葫芦丝味道最鲜，晚了就有了木头质感。嫩的标准不是个头儿大小，也不是颜色深浅，而是一指甲掐下去，噌的一声立即就掐出了一个深印。用碗碴片儿刮去皮，用菜刀沿周身削片，见瓤即止。嫩瓤也能吃，但味道比葫芦肉差一个层次。削下的葫芦肉用刀仔细切成细丝。有偷懒省事的，用排擦擦丝，粗细特别匀，好看，但做出的味道比刀切的也差一个档次。用刀切，要的就是丝的那个棱角，为什么有了棱角才出味，也说不明白。

锅里倒了菜籽油，待油七八成热，放入葱丝、蒜末、花椒，待它们被煸出香味，放入青椒丝，别等青椒丝变色，倒入葫芦丝，大火翻炒。出锅装盘，撒上点儿葱花。锅里炒出的汁别倒掉，浇在盘子上当芡汁，更入味。

葫芦丝入口，不脆，有点儿软糯，但牙齿也偷不得懒，要细嚼，那味道除了鲜还是鲜。它不像土豆丝要在舌齿间翻江倒海，它只需像细浪盘旋。土豆丝霸道，尽是它的味，葫芦丝和风细雨，和伙伴们一块儿张灯结彩。葫芦丝就煎饼最好，就馒头有些屈才，像好姑娘嫁了强梁人家。

葫芦粑是葫芦的另一种吃法，就是生葫芦丝裹了面浆、葱花、在锅里烙出来的面粑。这个烙，有点儿讲究，不是干烙，也不是油炸，是介于二者之间的一种做法。要小火，慢慢翻，油嗞嗞地沁透每一处细节，熟透的粑要煳不煳，吃在嘴里，有点儿脆劲，有点儿嚼劲。葫芦丝里有了面味，面里浸润了葫芦味，两个味道和美，不分高低，就有了另一股味。这味，找不到合适的词描述，要硬找个词来，生死，似乎才合适。生死最大，最真实用情，扯不开。葫芦粑费油，虽然好吃，但在早前不是随便吃得起的，只有新媳妇回门、干部下乡，才吃一两顿。

葫芦还有一个用处，解瓢。到了深秋，葫芦秧焦了叶子，吊在架上的葫芦彻底老透了，用手敲，发出当当的脆声。抱回来，架在倒过来的板凳腿间，用墨斗吊了中，弹了线，一把手锯，你来我往地解开。解开的葫芦瓢要集中在大锅里用开水猛煮，水开三遍，捞出来，去了瓤，晾干就成了。不经水煮的瓢，走形。

葫芦瓢装核桃、板栗、花生、大枣这些干果，不生虫，不发霉，能存放几个年头，换了别的家什就不一样。也有女人用它做针线篮的，针头线脑、鞋垫布袜装在里面，沿口上插一排针，不锈，不丢。

当然，大多时候还是拿葫芦瓢当水瓢，舀冷水，也舀开水。

二

李家塬是一个孤独的小村子。从它对面的五峰山上看过来，就像一条脏兮兮的黄毛犬卧在半山腰上，这个黄就是黄土。李家塬四周多树，一年有三分之二的时间是绿色的，苍绿映衬下，裸露的屋子、小路、地块就显出苍黄无力来。峡河这地方爱下雨，而且一下就是好多天，黄泥浸透了雨，黏得不行，大家串个门都光着脚板。有人不小心脚底板扎了刺，流一路血。

塬头上有一家人姓林，早些年人丁兴旺，是远近数得上的大户。这个大体现在儿子身上，这家有五个大个头儿儿子，进进出出，像一支队伍。

大儿子叫春，二儿子叫夏，三儿子叫石头，按顺序应该叫秋，但一方面三儿子不是秋季生的，叫得没道理，另一方面秋天也不是个好季节，秋风秋雨愁煞人，不好。余下的两个儿子赶上了时代，叫得时髦，一个叫建国，一个叫胜利。

有一年县里修水库，千军万马大会战。每个生产队都要派劳力，李家塬那时不缺劳力，再说修水库不但记工分，还有补贴，每天能吃上白馍，大家争着要去。但要派劳力，当然要派硬劳力，能干活儿，还要人长得有气势，不然在大部队面前丢人。林家老二、老三、老四，一下派出去了三个。

那时的水库工程没什么科技含量，没什么好建材，说白了就是土石填坝。日日夜夜，蚂蚁一样，往坝仓里填土石。那阵子还少有汽车，就是用架子车人工运输。林家三个儿子分在第一工程队，那是尖刀队，个个都是英雄好汉。

兄弟三人分在一个组，拉一辆千斤重的架子车，往坝仓里运石料。本来队里也没有规定一辆车一趟拉多少，但你装一千斤，我就要装一千一百斤，他不服，要装一千二百斤，比来比去，车子都装到了两千斤。车轱辘承受不住，就用电焊给车圈加一圈钢筋。下坡时，不是人拉车，变成了车拉人。

兄弟三人在工地干了三个月，肚子寡得不成样子，见树都想啃一口。按说灶上每人每天有一顿八两的大白馍，但没菜，有菜也是白菜帮子，拌点儿盐，没油。开始时白菜帮子一人能吃一碗，后来一筷子也吃不下。三人都想老家的葫芦了。

也巧，这天生产队给水库上送柴火，那时水库工程不但全县派劳力，还派柴火。车子捎来了几个大葫芦。金秋绝艳，葫芦正肥，颗颗跟放大的珍珠似的。灶上炖了一大锅，没有肉，队长让人去街上买了十斤猪皮。白嫩的葫芦配上白亮的猪皮，佐以花椒和葱花，那花色，那香味，许多人只在梦里见过。做饭的师傅姓张，张大厨，他早年在县招待所掌勺，不知说了什么不该说的话，犯了错误，就被下放到了库上。虽说葫芦有七八个，但分到每个人碗里也没多少，张师傅知道要让大家都吃好，还得是汤。

他将葫芦分解成拳大的块，把猪皮却切碎了，先大火煮，再小火炖，肉白葫鲜，那汤说不出的明艳，浓浓的，白白的，像勾了芡汁，又像牛奶。灶房的四周全是透的，肉香与葫芦香成股地钻出来，在空中，在人们的头上弥散。那是工队立灶以来史无前例的一顿大餐。

吃了午饭，下午的活儿干得格外欢实，车子一辆比一辆冒尖，大家你追我赶，蝴蝶似的。

库坝建到了十丈高，库里已蓄上了水，绿汪汪的，风一吹，无边无际。库坝采用的是先外圈后内圈的方式，就是外坝比内坝先行一步，高出一截，这就形成了一道内外坝斜坡，这样的道理自然是方便施工下料。但就有车子收不住，一下就冲进了水库里的情况。工程部专门配备了水性好的人打捞落水的材料，有时也打捞落水的人，大家叫他们"水鬼"。

林家三兄弟落水时，天快擦黑了，那是那天的最后一车石料，车子装得太饱了，到了下坡时，怎么也收不住，收不住放手也行，大不了一车石头连车下了水，但三兄弟都没放手。

当"水鬼"们把兄弟仨从水底捞出来，三人还紧紧抓扯在一起。由于肚子里灌足了水，扒了衣服的人，仿佛三只饱满的葫芦。

三

时间一晃，到了一九九八年。

此时的李家塬依旧人丁兴旺，但若细心看，气势上已不复王谢亭台，像一棵百年柳树，内部已经朽了。年轻人南下打工，中年人北上开矿。虽然家家盖起了亮堂的大瓦房，但门关的时候多，开的时候少。

塬上头林家奶奶已经七十多岁了，这时得了一种病，怪病，脖子上生起一骨朵包，早些年不疼也不痒，后来越长越大，突然疼得要死，百药无效，在炕上躺了两年。久病床前无孝子，到了后来也没人看一眼，每天一个人呻吟。

有一天，她对大儿子春说："我渴了，你给我烧一瓢水，要开开的水。"

水开了，儿子春端上来，葫芦瓢很大，和水桶口差不多大的一只。开水在瓢里还翻着浪。

林奶奶接过瓢，两只手有些端不动，喝一口，连说："好甜、好甜！"趁儿子转身，咕咚，把开水一下灌进了喉咙。

这一天，村里人记得很清，林家房后的磨盘花开得没高没低，山下通镇公路上，一队队的男女为一件天边的事情欢天喜地载歌载舞。

野猪凶猛

一

李学才一辈子也不会忘记那头穷凶极恶的野猪。

这是一头老野猪,足有两米长,一米五高,像半堵墙一样。它已毛色斑驳,如果用人的头发来比拟,那就是,花白、干硬,历尽岁月沧桑,雄气犹在。它的腿粗壮有力,深深陷入泥土中的脚印有小碗口大小,两个前趾分得很开。这是一只独角猪,类似传说中的独行大侠。

天已经大亮了。河雾从山脚升起来,沿着山坡向山顶升腾、弥漫,上升到山顶的,很快成了天空的一部分,由浓变淡、变白、变成了瓦蓝瓦蓝。对面山坡上,早秋的树木叶子正在变黄。五峰山上的松涛似乎才从梦里醒过来,低沉,悠远,一直传到天际尽头。

面对这头凶悍的老野猪,李学才束手无策,他眼看着这个庞然大物把自己一春一夏辛苦培植出来的天麻窝子一个个掀起,菌棒横七竖八,白花花的天麻被它大快朵颐着。它两个嘴角挂着白涎,拖得很长。那些不入味的部分被它吐了一地。这个季节天麻还没有成熟，大部分还未长大成形，地上像被洒了一片片花白的薯渣。

年轻时，李学才当过民兵，那时候每年秋天连队都要组织民兵上山打猎，谓之护秋。打猎，其实主要就是打野猪。莽岭与伏牛山的这片夹角地，自来是野猪的天堂，不知道它们怎么就有那么强的繁殖力，打了一拨又一拨。李学才和野猪狭路相逢过，深知它们的厉害。何况，自己现在老了，手无寸铁。

他喊了几嗓子，野猪不为所动，也难怪，他自己都觉得沙哑怯懦的声音没有半点儿威慑力。此时，他多希望有一群年轻人打这里经过，可又知道，村里统共还有几个年轻人呢。他恨得心都要炸了。眼看着一片天麻地被掀得差不多了，一年的希望化为乌有，这是要把人往死路上逼呀！

李学才已经六十八岁，背早已驼了。儿子十九岁那年在一家云母矿给人干活儿，被天板上落下来的石头砸断了腿，失血过多，死了。一个女儿，脑子从小不清白，嫁了一家离一家，最后也不知跟人跑到啥地方去了。后找的老伴儿，除了做饭，什么也做不了。人老了，打工没人要了，何况根本也没有可打的工。每月六十五元养老金，花用差得太远了。天麻，几乎是两人唯一的生活指望。

山下的小学校大概到了早操的时间，"一、二、三、四"，孩子们稚嫩的声音传出好远，碰在一河两岸的石壁上又折返。李学才瞅了瞅地上，除了石块，也没有可做武器的东西。他捡起两块石头向野猪投过去，毕竟老了，不能投得太远，反招来了野猪几声抗议的嘶吼，吓了李学才一跳。他知道，这家伙是会攻击人的。

他抱起几个石块，登上山坡的一道石坎，这样自己居高临下，有个抽身的缓冲地，野猪再凶，扑上石坎也需要时间。第一块石头投过去，没有一点儿反应，再投一块，这是一块青石，很沉，带着锋利的棱角，石头由上而下，带着加速度。李学才听到一声怒吼，一道黑色电光向坡上闪来。他感觉自己整个身子飞了起来，大腿一阵剧疼，眼前一黑，接着什么也不知道了。

二

从李学才家出来，张科水突然有些后怕。

大腿根的伤口有半尺长，缝了十八针，肋骨也断了两根，李学才整个人都有些浮肿，两眼努力睁开才能看清人。幸亏野猪一击之后再没有攻击了，否则后果不敢想。

村里，就数张科水家土地最多，边边角角加起来，自己也说不清有多少亩。政府颁发的土地经营合同上写着六亩三分，加上十几年来自己开垦的，至少有八亩吧。这些地，零零散散，东一片，西一垄，庄稼良莠不齐，特别难以管理。这些年，国家号召退耕还林，别人家都退了不少，他一点儿也不想退。不是看不上那一亩百十元钱的补贴，是觉得粮食总会值钱的。结果一等再等，粮价一年一年如旧，如今贩卖粮食的小商贩许多都歇业了，镇上的粮站都撤掉了，只有亲自送到烧酒的作坊，求着人买。这些年，烧酒的作坊也关了不少，说是没经营资质，不干净、不健康。

张科水家人口多，加上两个儿子的家人，整七口。两个儿子老实，不出去打工，都在家里，也是村里仅有的留家的年轻人，乡里乡亲有什么事，正好用得着。最主要的是，人要吃饭，地要人种。大口小口，每月一斗，挣不到钱也就算了，总不能挨饿吧。

可种地，又谈何容易，别的不说，野猪成了庄稼最大的死敌。不知为什么，这些年野猪特别多，不让打，不让药，这让它们更加有恃无恐地为害。夏季还好点儿，这些年没人种麦子了，除了土豆、红苕，也没啥可糟害的；到了秋季，可苦了玉米，才冒红缨就开始被糟蹋，吃不了，就踏倒，一群猪一晚上能把一亩玉米地踏成一片平地。

扎草人、挂红旗、烧火堆，这些老方法早不管用了，前几年，张科水发明了一个方法，沿地边打木桩，牵围一圈白塑料绳，绳上隔不远绑一颗铃铛，只要一碰，就发出叮叮当当的声响。开始时很管用，野猪们到了地边，绕来绕去，就是不敢进地，等到天亮，留下一片乱糟糟的脚印，走了。全村人跟着效仿，这个方法被传播得很远。只苦了山上的树根草皮，被野猪们翻得白花花的。

没多久，就不管用了，某天早晨起来一看，绳没断一截，铃没少一颗，庄稼倒了一地。不是张科水一家这样，几乎家家这样。只好把野猪没啃净的玉米棒子掰回来，一家人烤了煮了接着啃。

好多人索性不种地了，反正种了也白种，与其糟蹋种子化肥和力气，不如清闲自在。粮食不值钱，打一个月工，够吃两年，老了的打不了工的，还有儿女呢，每月省点儿花就有全家人的口粮了。

可张科水家不能不种地，除了全家七张嘴，还有两个读小学的孙子，就指着卖玉米付学费呢。

乡村公路上，经常有收头发的小贩，他们骑一辆摩托车走乡串户，车头上挂一只电喇叭，一边走，一边喊：收头发，收头发……那声音传得很远，转了几道弯，声音一点儿也没有变弱，似乎能把遮挡的所有东西撕碎推开了。有一天，张科水灵机一动：何不买只电喇叭放在地头防野猪？这家伙，不怕累，比人耐力大多了。

电喇叭很快买了回来，两块电池，大功率，充足了，能播放十二小时，才三百元，不贵。可在录什么内容上，张科水可费尽了心思。有人说录一段哭戏，有人说录一段鞭炮声。最后，他谁的也没听，录了一段自创的节目：野猪听着，我在这里，快滚远远的，嗵叭！

128

三

王金锁不是当地人，老家在县城，标标准准的城里人，细皮嫩肉的，半辈子没受过啥苦。

二〇一〇年，西部大开发干劲正足，县城日新月异，天翻地覆。老居户们或卖地皮，或建房卖楼，一夜间冒出了数不清的暴发户。王金锁祖上留下来一个大院子，东厢西厢，兄弟俩合起来足有三四百平方米。兄弟俩都没啥家底，可眼见着别人盖楼出售都发了财，总不能干等着手捧金碗要饭吧。于是，两人合伙贷款八十万建楼。

房子建了两年，八十万也花完了，世事多变，市场如妖，这时候县城的房子早已饱和，墙上、电线杆上都是卖房租房的小广告。小产权房，拿不到房产证，没法与财大气粗的商品房抗衡。兜兜转转，又回到从前。抬眼看，眼前的从前与昨天的从前又大不一样，债务如刀，天天在脖子上架着。

不说银行债务，吃饭是最现实的问题，菜市场的菜帮子倒是天天有，但捡多了，路人的冷眼实在难受。于是，哥哥去了西安给人看大门，他来到乡下种猪苓。

猪苓这个药材，十几年间市场一直很走俏。二〇一四年，王金锁来乡下开始种的时候，已经卖到了七十元一斤，不是干货，是湿淋淋的种子。种猪苓技术并不复杂，但要本钱，租地、买材料、购种子，王金锁一下投进去了十万。这其中包括哥哥给人看大门、收纸壳的钱。

猪苓的收获周期很长，从种下到收获要三年。夜长梦多，同样的，王金锁的种植场也受到野猪们的频频光顾。猪苓是种矫情的药材，一旦生长中受打扰，便会停止生长，或烂掉。这是后话。

王金锁的猪苓种植场在离街镇不远的峡谷里，叫张家沟，一家居户都没有了，人们有的搬到了镇上，有的搬到了县城，有能力的搬到了西安。留下一幢幢老房子，其实还挺新，家里的家具用品都还在。王金锁随便找了一家，付了几十元钱，就租下了。

一个从来没有侍弄过土地的人，侍弄起来有多难，没有经历过的人感受不到。初到的时候，土地都已撂荒多年，杂草不说，刺荆和杂树把地完全占领了。王金锁请了小工，每人每天一百元，戴上手套用镰刀割。刺扎进手指里，怎么也剜不出来，一碰就钻心地疼，可活儿不能停下来。有人说在扎了刺的地方滴煤油管用，王金锁就在刺口上滴煤油，果然管用，两三天刺就腐烂了，手上留下一个个黑坑。

猪苓终于全部种下了，一千窝，按照早有过收益者的计算，三年后收入至少二十万。半年后，王金锁偷偷扒开一窝子查看，猪苓母种已长出白白的新芽，指头大、黄豆大，密密匝匝。晚上他给大哥打电话报喜讯，大哥说："我得喝顿酒了。"王金锁突然想起来，自房子建起来那天，已经两年没喝过酒了，放下电话，猛然一阵心酸涌上心头。

张家沟虽然叫沟，格局却不完全是沟。入沟时很窄，如果安一道门，可以把人内外两隔，如果放一支队伍，真是万夫莫开。进到里面，豁然开朗，一个偌大的盆地出现在面前。两边高山峻峭，树木葱茏。外面的风吹不进来，里面的暖气流不出去，避风聚气，真是个宜居的好地方。王金锁想，将来猪苓种大了，就在这里养老多好呀！

四

一天，早晨醒来，王金锁看看窗外的亮光，应该还不到六点，六月的天亮得早，喜鹊已在树上叫起来。他翻过身，又眯了一觉。他想，猪苓们也在睡觉呢。

吃了昨夜的剩饭，去到地里，他的头嗡的一声，一下大了，地像被拖拉机深翻过一样，菌棒横陈遍地，半截在土，半截在外。这是谁干的？接着他看到了纷乱的脚印。猪，是野猪！

一年来，王金锁并非没有想到过野猪的危害。十里八乡，野猪早泛滥成了公害，甚至小镇上的垃圾桶、门店的门都受到过攻击。但他想着，自己的猪苓才下种不久，离长成还远，野猪们不会空费力气，待长差不多了，再看护也不迟。没想到，自己判断错了。

好在，损失还不大，野猪只拱了猪苓地的一角。亡羊补牢，还来得及。王金锁买来了一条狗。对付活物，只有活物。

这是一只外迁人家留下的猎狗，叫宝财。这户人家两年前搬到了咸阳塬上，家里的几条狗送人的送人，卖的卖，路太远了，没法带走。宝财是一条身经百战的猎手，当年也是名播四方的战神，只身擒拿过野猪，只因为太凶，不亲近人，被原主人的亲戚有一顿没一顿地喂养着，过着寄人篱下的日子。英雄落难，性格更加暴戾。

几天后，宝财和再次来犯的野猪发生了一场大战。

那是个风高月黑之夜，是头母猪，身后跟着七八只将成的崽。

野猪是群居动物，下地前常常是一群，下了地又是各自为战、遍地开花，体现出很高的战斗智慧。看护的人东边追到西边，南面赶到北面，不堪疲苦，效果甚微。而有了狗，效果大不一样，狗速度快，听觉嗅觉十分迅敏，成为野猪真正的克星。

最凶猛的野猪不是体重数百斤的公猪，而是母猪，饥饿和母性使它异常凶猛顽强。那是一头身长五尺的母猪，带着一群崽，有的已有四五十斤重。在一堆大石头后面，宝财截住了它的去路。王金锁打着手电筒，看得很清楚，它有四颗伸出唇外的獠牙，獠牙的长度出卖了它的身世：这是一头历经风雨的老猪。宝财发出怒吼，声音如巨石滚过夜空，野猪还以声色，毫不示弱。它把屁股抵在石头上，头如盾牌来回摆动，让宝财无从下口，它的崽们这时已作鸟兽散。宝财一次次扑上去，一次次被击退，突然宝财猛然跃起，越过了野猪的头顶，一口咬住了野猪的臀部。如两块巨石，它们在地里滚动、撞击。最后，野猪终于不敌，滚落山涧逃走了。那一战，宝财一条前腿被咬穿。

王金锁给宝财缝伤口，宝财嘴里横塞着一根木棍，大拇指粗，嘴巴用麻绳一直缠绕到脑门，这是防止它忍不住疼时撕咬反抗。宝财的肚子上有一条血口，一尺多长，深见肋骨，血流了一地，那摊血有一丝腥甜的气味，像它的颜色。王金锁用完了一根纳鞋底的细麻线，才对缝完成，又涂了锅底灰。宝财一声不吭，取下嘴里的木棍时，木棍断成了两段。那次宝财在家里躺了三天，不吃不喝。

王金锁心里总是不踏实，夜里睡不好觉，头发落了一枕头。今天防住了，明天呢？明天防住了，后天呢？就给大哥打电话，大哥说："实在不行，我把工作辞了，来帮你。"

五

小黑发誓要杀尽天下所有的野猪，不为别的，就为从北疆退伍时穿回来的那件羊皮里子的黄大衣。

他永远忘不了那个飘着雪花的下午。他骑着摩托车，去镇上接从娘家回来的老婆小芹。小芹已经大肚出怀，那是他们的第一个宝宝。天还不是太冷，但骑着车，风就有些削脸了。那件羊羔皮里子的大衣裹在身上，别提有多暖和了。到了镇上，正好又可以披在小芹身上。

突然，小黑发现前面公路当中一头黑乎乎的家伙，不是别的，正是一头野猪。前无村，后无店，掉头显然已经来不及了。小黑想丢了车往山上逃，但已没有机会，野猪向着摩托车撞过来了。

小黑是逃掉了，大衣像白菜一样被撕成了碎片。

小黑从黑市上买来了电瓶，这是目前最有效最先进的捕猎工具。一根长长的铁丝绕在地边，通上电瓶放出的高压电，野猪只要碰上，没有逃跑的。

七月流火，庄稼初熟，地里的玉米抽出红缨。黄豆们怀下的豆荚一天天看着壮起来。

小黑沿着自家的玉米地先打了一圈木桩，五米一根，为蒙蔽野猪，又给木桩涂上了黑色，然后牵上铁丝。这细细的铁丝上，寄托了私仇与众恨。这些年，野猪为患，糟害了多少庄稼，多少收成成了泡影？小黑想，这一回，你吃进去的，都给我吐出来。

可是，野猪没有打到一个，小黑进了看守所，因为捕猎国家保护动物。

小黑在看守所待了七天，人瘦了一圈，电瓶被没收，五千元电瓶钱打了水漂。

走出看守所大门时，戴眼镜的警察说："再别干傻事了，出门打工去，比啥都强。生物生态平衡链不能破坏，这些你不懂。回去好好买本书学习一下，我没时间给你讲了，你快走吧，再进来可不是这样了。"

小黑没有说一句话，心里嘀咕了一句："你们说的有理，就我没理……"

六

现在的峡河村是一个由五个自然村撤并而成的大村，人口三千。峡河从沟垴汪汪流下来，入丹江，入汉水，一部分南下，入了长江，一部分北上，流向北京。峡河谷统领着千沟万壑，沟沟壑壑如蜈蚣的脚，又像一架剔光了肉的羊架子。泥土木头结构的老房子有气无力地趴在两岸的山边。冒烟的像醒着的人，不冒烟的像睡着的人。每天冒三阵烟的已经不多了。

下雨的时候，人们喜欢聚在一起，看电视，看山外的热闹。有时候会谈起收成，谈起山上的天麻和种植的药材，谈到该死的野猪，各种防猪的新方法。谈到最后，又发现像什么也没谈一样，全是废话。

废话也是好东西，比很多实物实用，支撑着春夏秋冬走马灯一样走过。

对于很多人来说，生活本来就是一段一段的废话。

一九八七年的老腔

一

"华阴，隶属于陕西省渭南市，因境内的西岳华山而闻名，位于关中平原东部，秦晋豫三省结合地带，东起潼关，西邻华州区，南依秦岭，北临渭水，介于北纬 34° 19′ 22″—34° 40′ 00″，东经 109° 54′ 00″—110° 12′ 13″ 之间，总面积 817 平方千米。华阴春秋设邑，战国置县，至今已有两千三百多年历史，自古有'三秦要道、八省通衢'之称，是中原通往西北的必经之地。一九九〇年十二月经国务院批准撤县设市，是陕西四个县级市之一；一九九三年陕西省政府公布华阴为历史文化名城。"

这是百度百科词条关于华阴的一部分介绍，浏览了通篇并没有看到有关老腔的内容。可见老腔在这片茫茫渭东塬梁的分量并不重，只是小众中的小众，如沟壑纵横之间一片自开自灭的野棉花。

大巴颠簸了整整大半天，早晨天没亮从丹江之畔的丹凤县城出发，目的地是潼关县一个叫零公里的地方，秦岭金矿陕西权属地集中在这一片。

天是阴天，新年刚过，渭东旱塬一片苍黄，冬小麦东一片、西一片，浅绿斑驳，被沟壑和台坎切割得星罗棋布。渭东地广人稀，土地广阔但并不肥沃，实行的是单茬种，即种玉米的土地只种一季玉米，种小麦的土地只种一季小麦，闲歇的时间让土地蓄蓄肥力。这个时节，只有小麦绿着，显出一点儿生气。远远的公路那边，有人驾着牛耙，站在耙上，干旱的麦地在耙走过之处，腾起一股股黄尘。这叫压苗，阻止麦苗长得过旺受倒春寒的伤害，也是怕墒肥跟不上长势，麦子长废了影响了收成。立身耙上的人并不用挥鞭和呵斥，牛自会驾着重力向着没有尽头的尽头走。

那一年，我十七岁，此时是高三最后的假期。有点儿残疾、教了我三年小学语文的王老师，此时正在守岗与下岗之间犹疑：继续上岗，每月只有养不活一家人的三十八元工资；下岗，意味着连三十八元也将失去。他的妻姐在零公里矿区带队背矿，带十个二十个劳力，有时一夜能挣到一两千元，每个背矿的人能分到三五十元不等。王老师带我们十几个年轻人去给妻姐做脚力，其中大部分是他昔日的学生。

在一个我至今叫不出名字的小集镇上，在饭摊背后的荒街里，我听到了一群人在吼唱。一种类似于秦腔的唱腔，但要比秦腔夸张粗放得多。我不知道戏文叫什么，我听懂了其中一段唱词：

> 骂声韩龙贼奸小，
>
> 你此时不亏该吃刀。
>
> 近朝来为王我对你表：
>
> 我三弟他生来火性焦，
>
> 你不该闯了他的道，
>
> 打得你见了寡人哭号啕。
>
> …………

看穿着、体貌，他们显然是当地人，甚至就是这个小集镇上的居户。后来公路改线，我虽然无数次打潼关经过，去往零公里、豫灵、灵宝，甚至更远的三门峡矿区，却似乎再也没有经过这片土地，它发展成了一个人口大集镇，还是因地理交通偏僻而分解消散得只剩下一片黄土塬？无从知道。这群人为什么要在这里唱？为谁唱？就更不知道了。

领头的是一位壮年，三十七八或者四十七八，渐白的头发，黝黑的面孔，这是风雨和岁月作用下的中年。他扔掉手里的烟头，从一条长凳上站起来，突然喊一声："伙计们，吼起来！"吼起来的一群人并没有称手的家伙，他们就地操起棍棒或石头瓦块敲起来。豪气干云，激越悲壮，像冲锋陷阵的呐喊，又像呼天抢地的申辩。显然，他们并没有刻意为谁演出，也显然没有做好演出的准备，像一阵突然的暴雨，由天空而降。

若干年后，在电视里看陕西某法制节目：在渭河之畔，两家矛盾日深，闹到法庭。法官调解一家向另一家赔偿、道歉，输了官司的男人不肯道歉，打闹厅堂的怒骂是："狗官，你不为民做主，你就活该千刀斩……"那些话不是说出来的，而是唱出来的，高亢悲怒，声震众人。结果自然是被拘留半个月。那阵，我突然想起，这不就是老腔吗？

二

其实，我还是不懂老腔。

浩子是秦东镇人，过了门前的风陵渡大桥就是山西。风陵渡所在的地方，两塬夹持，兵家必争，这儿终年河风浩荡，春夏秋冬风会吹出不同的速度和气势。风陵渡大桥几毁几建，据说最后一次被毁是在一九三八年，日本人在黄河那边架起小钢炮，中国的部队在秦东架起重机枪，双方经常互射，浩子说他的爷爷死于日本人的一颗流弹。

秦东一带的黄泛区土地丰阔，浩子家有一片苹果园，苹果漂亮又好吃。销路好的那几年，浩子家挣了不少钱，兄弟姐妹都修了平房。后来到浩子娶老婆的时候，苹果滞销，挂在树上熟透了也没人去摘。三轮车拉到果汁厂卖五到八分钱一斤。这样的不景气持续得看不到头，不少人家挖了树，种起了小麦、玉米。

近水楼台先得月，浩子开始上秦岭矿山背矿。

背矿是遮人耳目的说法，矿石金贵，各个矿口都有自己的运输渠道，根本不用人背。背矿就是盗矿，从洞内的采场上偷盗出来，卖给矿石加工作坊。风险大，来钱快。那些年，很多人干着这份提脑袋的营生，每座山上都有几支背矿的队伍。

浩子单枪匹马，扛不住同行的坑蒙和矿警的打击，投入了我们的队伍。虽然被领头的五五抽成，但"人不亲，账清白"，大家同进退，至少有了安全感。我们的大本营屯扎在杨寨岭上一口废弃的矿井里，二十多人把一口竖井建成了碉堡，上下七八层，如同蒸屉，明暗通道无数，进可攻，退可守。

秦岭的冬天来得早，不是有些早，是特别早。"北风卷地白草折，胡天八月即飞雪"写的是西北关外秋天的景象，那八月是农历，相当于现在阳历的九到十月。杨寨岭上的那一年，阳历八月就飞起了雪花。风沿着山坡往上吹，坡上的树木齐齐半伏倒，又爬起来，再伏倒，如此反复。树叶来不及变黄，就被粗暴的风哗哗哗地摘了下来。

风高月黑夜，山寒水冷时，正好背矿。

背矿很有讲究，并不是哪里方便哪里背，也不是谁家势力弱背谁家的矿。背矿要背高品位的矿，一百斤矿石能炼出一枚戒指的那种。背矿的队伍早已派出了探子，哪个坑口的矿石品位高，高到什么程度，哪个采场有难度，需要上几道天梯，过几条巷道，避开几处岗哨，心里早都有数。队伍也有专门研究矿脉分布的，知道几号脉延伸到了哪家坑口、哪个采场，它的变化怎样。

那一夜，我们选择的矿坑是朱家峪十三号坑的三号采场。它与杨寨岭相邻。

沿着锈迹斑驳的铁轨往里走，脚下是乱石枕木，头顶是一根三百八十伏的高压搭贴电线，小电火车进出时用以连线驱动，类似于电驱化火车。所有人都没有安全帽，弯着腰行进，头发不小心碰触到电线时，浑身猛然如刀戳般疼一下。此时正值上下班交接时，这是一个空当，二十四小时只有这样一个机会。铁轨分出许多岔道，没有人知道它们各自延伸到了哪里，听说有几条贯穿了山体，延伸到了山那边。山那边是陕西地界。大家跟着领头的急走，他穿着一身黄绿色作训服，身材高大，一下巴漂亮的大胡子，没有人知道他真名叫什么。他持一只八节电池的手电，光耀百米。为节省电力，后边紧随的人电灯明明灭灭，没有谁说话，只有沙沙的脚步声。

不知走了三千米，还是五千米，领头的喊了一声："上！"

率先把手电插进腰带，抓住道边的一根大绳向上攀。这里是一口天井，方圆一米多，倾斜七八十度，手电照不见顶。大家抓住绳子往上爬，这是一根竹绳，粗细可握。长长的绳子上立即穿起一条人肉串。

三号采场近于空场，显然已经开采许久了，上采坑尽头距离下面巷道有近百米，下采坑积着黑洼洼的一坑水，不知深浅。采场呈四五十度斜坡，像一个巨大的倾斜的篮球场。边沿上的矿苴厚薄不等，有两米厚度的，有尺许厚度的，矿体在手电照耀下亮光粼粼，那是硫体和铅花。矿体上有许多未爆破彻底的残孔。显然是才爆破不久，采场周边尚有烟尘，空气浓稠而灼热，地上一层矿石。领头的喊："快装矿！"接夜班的工人快上班了，必须在他们到来前装好矿石离场。

大家取下腰后的编织袋，袋子再套一层袋，防止被锐利的矿石划破，都疯了一样装矿石。矿石里夹杂了许多毛石，要分拣开来，毛石不含金，费力背出去是无效劳动。大伙儿把手电叼在嘴巴里，用光亮来分辨地上矿物的优劣。人太多了，不一会儿，地板上就像水洗过一样干净。

领头人喊："差不多的快背走，不够的快打矿。"又吩咐道，"路上不管碰到谁，都不要理他，只管背着走。心要齐，不要怕！"

留下的人围住一根矿柱，其中一个抢起大锤拼命地砸，这是一根四五个人合抱粗的矿柱，上面硫点密密，硫体呈线状缠绕，看得出品位相当高。矿柱支撑着天板，由于压力的巨大作用，每一锤上去，矿石都会哗地落下一片，大伙儿疯了一样抢。

突然，轰的一声，出事了！

一块石头落下来，一张芦席似的盖住了抢锤的人。石头一米厚，丈余见方，人不见影了，只见血沿着下坡的方向流下来。

领头的一声吼："快抬石头！"众人一哄而上，可怎么也撼不动。一包炸药炸开了巨席一样的石头，人像破布一样被扯了出来。

天亮时，死人终于被弄到了杨寨岭。

领头的说："埋了吧。所有矿石卖的钱，都给他老婆带回去。"大家分头去选风水好点儿的地方，有人找锹挖坑，有几个去山下买白布和芦席，有人去处理矿石。只有浩子没有动。

他守着死去的人，一语不发。突然，他唱了起来。他唱得天崩地裂，山岳倾倒。有懂得的人说，那是老腔：

　　　　　将令一声震山川，

　　　　　人披衣甲马上鞍，

　　　　　大小儿郎齐呐喊，

　　　　　催动人马到阵前。

　　　　　头戴束发冠，

身穿玉连环,

胸前狮子扣,

腰中挎龙泉,

弯弓似月样,

狼牙囊中穿,

催开青鬃马,

豪杰敢当先。

正是豪杰催马进,

前哨军人报一声。

…………

这样寒冷的天气,这样悲恸的时候,没有人知道浩子为什么
要唱这种内容与眼下情景毫无关系的老腔,他唱了一曲又一曲,
《出五关》《战马超》《定军山》……直到嗓子哑下去,像喉管撕
破了,再也发不出声了。领头的静静看着他唱,抽着烟,谁也没
有说一句话。我的印象里,渭北习俗送亡人上山时,似乎不是唱
老腔,是唢呐、锣鼓。

三

十年后,我独自一人到了华山西峰。同样是冬天,游客寥寥。

这就是传说了千年的沉香救母的地方。唐朝人张乔问："谁将倚天剑，削出倚天峰？"说的正是这里。翠云宫前，有无数巨石状若莲花，有一块大石从中间裂开，真如斧劈似的，据说这就是刘沉香救母的斧迹。西峰远看是一块完整巨石，浑然天成。西北绝崖千丈，似刀削锯截，那陡峭巍峨、阳刚挺拔之势据说是山川和人间日月的缩影，天地时空间，没有一事一物不峥嵘。

登西峰极目远望，四周群山起伏，云霞浩荡，周野屏开，黄渭曲流。苍山如怒，天地无涯。远远地，可以看见黄河那边的山西，看到了玉带一样的黄河上，风陵渡大桥隐隐现现。桥的这头即秦东，浩子的家乡所在。听说他从矿山回去后大病一场，后来也没有成家，再后来，住进了华山脚下某著名精神病医院，再也没有出来。

我已多年没听到老腔了，据说这片华阴广塬上独有的唱腔几近绝声，已经没有几个人会了，它们正向着现代生活的反方向走，即将消逝在西天的落日里。

我又突然想，眼前的华山，黄土上的人生，不就是一曲苍凉峥嵘的老腔吗？沧海桑田、云翻雨覆，有什么力量能将之消弭？

表弟余海

一

正月十七，余海走了。

他的灵牌偏左的地方歪歪扭扭竖写着一行字：余海，卒年四十一岁。

灵牌极其简陋，内部一块硬纸板，外面裹一层淡色草纸，宽七寸，高一尺。两块白萝卜切块做基座，捧灵的人方便拿握，摆放时也立得稳。人亡灵在，接下来的七七四十九天里，它将替亡者走完这人世未竟的路程。

余海的病是矽肺病（硅肺病），这是个死症，什么时间离开都是正常不过的事。这是十几年矿山作业生涯的结果。当年一同打工的伙伴好几个都这样提前走了，他挣扎着活到今天，算是不幸中的幸运人。和他生活了二十多年的妻子也说不清这病到底该找谁讨个说法，因为根本说不清这病是在哪里落下的。她唯一一次听余海说过，有一年在山西繁峙干了一年，洞里没有水，整整打了一年干孔眼。但在繁峙的哪里？老板出了国还是在国内，活着还是死了？谁也不知道。

叶落归根，人死归土。入土为安是眼下的头等大事。

按村里的丧葬习俗，人死了，要在家里设灵堂，停放三天，供亲友瞻仰和告别，但疫情当前，只有一切从简了。

余海的妻子叫小芹，小芹给近些的亲友一一打了电话，说余海走了，大家来帮帮忙吧。两个小时后，来了七个人，两个老人、五个青年。农村的习惯，一家婚丧百家帮，你再大的能力，婚丧这种事，自己也摆不平。

村干部也来了，小芹像一下抓到了救命稻草。镇里街面上的店铺都没开张，菜呀、粮油呀、肉与作料根本没地方买去。村干部吩咐下去，谁家有东西都拿来，专门有登记，待街里铺子开张了，买了还你们。可年前办的年货家家都吃用得差不多了，年轻人都是准备过了年就出门去的，谁家也不能办得太多。有人拿来了十斤萝卜，有人背来了三十斤土豆，有人拎来了几斤水果糖……

余海的墓早就建好了，红砖青瓦，前面栽了两棵小柏，在漫山苍黄中独显浓翠，有鸡蛋粗了。为了节省土地，墓建在房后的山腰上，那里一片乱石杂树，最大的坏处是交通太差，根本没有路，陡峭得一块石头能一下滚进沟底。棺材上山，需要拉纤。一帮人肩扛棺材，一帮人前面拉纤，喊着号子："一二三四五六七呀，哪个不出力是龟孙子呀！"村里大部分人死了，都是这么上山的。

可眼下，扛棺的人都不够，哪里有人拉纤？村干部说："我也没有办法，这段时间喜事停办、丧事简办，咱们得遵守规定。"

余海出殡这天，是个大好天气，天暖和得要穿单衣。按老人说法，人上山逢好天，是死者对帮忙人的感激表达。到场十三人，这是规定允许的最多人数了。每人一桶方便面外加一个大馒头，饱饱吃了，抬棺上山。没有拉纤人，大家使不上力，有个人从家拿来了一条五吨拉力的倒链，一头系在树根上，一头系着棺材，上一段，歇一阵，再换一棵树系了，再进一程。

山上的迎春花有一些黄灿灿地开了，随枝头摇曳。余海十四岁的女儿娟子，打着引路幡，白花花的纸幡在她肩上的竹竿上飘啊飘，像一盏少油的灯苗，随时要被风吹灭。小芹在后面走，看着这些，心想，待这阵过去了，街里门市开张了，一定要买一对大大的金山银山，余海开采了一辈子金子银子，也配得上它们。

二

我和余海仅共事过一次，那是一九九九年。岁月倥偬，已是上个世纪的事了。

那是四月天，在小秦岭北坡的老毛岔。海拔两千米的老毛岔树叶未圆。山上与山下，树木大约差了两个色度，从山下回来的人说，陈村镇的麦子打石榴黄色了。

那天下了班，我们在吃饭。馒头、稀米粥，菜是蒜汁香油调拌的疙瘩叶。疙瘩叶是一种野菜，藤蔓上生得漫山遍野，我至今不知道这疙瘩叶的疙瘩两字到底怎么写，只能取其谐音。这菜好吃、方便，就地取材。这个季节，大部分洞口都吃这个菜。

有两个人远远从岭上下来，是余海和小芹。

虽然是表亲，我却从没有见过他们，当然也不认识。远房亲戚，一辈子老死不相往来的也大有人在。那时候，我们都还年轻，都有一副好体格、一身好力气。他们每人扛着一只鼓鼓囊囊的编织袋，里面是他们行走的家当。他们走得热汗满面。

他们径直走到我面前，男的说："我叫余海，你是不是峡河姓陈的表哥？"他一下说出了我老家的村名和我的姓。我突然想起来，是有一位远房表弟叫余海。他们一定听说过我，并准确地打听到了我此时在老毛岔金矿某矿口。我急忙答应："是的，是的。"

他们此前在老毛岔的另一面峪里给人开矿，余海做爆破，小芹给工队煮饭，干了三个月，老板破产，没讨到工钱，回不了家，在山上挖药。秦岭这一段最好的药材是党参，叫秦党参，功效近于人参。他们挖了三天，因为过了采挖季节，一无所获，就到了我这里。这次异地相见，纯属偶然。

我向工头说了情况，工队正缺人手，他俩留了下来。还是余海爆破，小芹给大厨帮忙煮饭。我们是一支庞大的工队，有二百多人，洞子开了三个岔道，每支岔道深度都在三千米以上。

那时候，我还没有学会爆破作业，是一名架子车工，每天的工作是把洞里爆破下来的石头往外拉。一车矿，千余斤，拉一趟十块钱，一天拉十趟八趟。晴天时，早上出来一趟，看见太阳上升一尺，下午出来一趟，看见太阳下落一尺。如果是晚上，星光如泻当头照，那就是半夜子时。

不需要爆破的时候，爆破工也干渣工的活儿。

有一段时间，余海和我们一块儿在一个废弃的采场里淘渣。淘渣，就是把矿渣在水里用小摇船过滤，漂去粗粒，把经过水精滤的精华部分收集起来，然后经过高温炉和酸类大炼提纯，变成金子。当然，后半部分工作由另外的人完成，洞里的工人负责淘选矿渣。

采场上没有电，我们点蜡烛。采场很空，高处数丈，采场很大，看不到边沿。仅剩不多的矿柱在巨力压迫下，经常发出咔嚓声，突然崩出的矿屑像射出的枪弹。但那也是相对安全的地方，突然有情况，大家都往柱子下面跑。工作中，东一支西一支的蜡烛跳跃明灭，照耀着的一张张怪异的脸，光怪陆离，瘆人。

有一天，老板要把其中的一根柱子炸掉，原因是在上面发现了很多明金粒。工作当然是由余海来完成。他们拉来了一台小型空压机、一台24型风钻。那时候余海二十一岁，还是一个帮手级别的爆破工。他的师傅姓詹，这是一个不多见的姓氏。

矿柱有四人合抱粗。我问过余海，为什么当初要留矿柱，他说没有矿柱支撑，根本没办法采矿，走一步塌一步。余海悄悄让我看过矿柱上的金粒，它们小如针尖，大如米粒，玉米糁色，灯下并不发光。生长金粒的矿石，像羊油浸过一样润泽。余海说，这根柱子打下来，能值一百万，但这是在玩命，靠运气。我问余海知道玩命为什么还要干？他说没办法。那时候年轻，不懂得世界上很多事，都是没有办法的。

真如余海说的，是在玩命。那天夜里，余海逃出来了，仅仅是跑丢掉了一双鞋子，姓詹的师傅留在了采场，成了乱石永远的一部分。当他们在柱子上打下二十四个孔的最后一个钻孔时，柱子突然崩塌倾倒了。接着，天崩地陷，整个采场垮塌了下来。幸亏是夜班，采场只有他们两个人。

老板没有怪罪余海。也许，结局也在他的预想当中。他也曾身经百战，从一个小工摸爬滚打到今天。他给余海和小芹结清了工资，让他们下山。

余海让我帮他寄一个邮包。一个帆布包，裹得严严实实。那时候，好像还没有快递公司，只有邮政包裹可寄。余海说："这东西值钱，我不方便带，你千万当回事。"我掂了掂，很沉。我猜到了一点儿，又不敢确定。地址是四川某地，收包人姓詹。

我是在余海两口子离开后第十天下山寄包裹的。

在经过百尺梁时，一坡杜鹃开得无遮无拦，虽然面积仅有一面山坳，那气势却无岸无涯。那成片的花是嫩黄的，并不红艳，但却比红艳美好十分。它低眉顺眼，又奔放激荡，像一场生，也像一场死亡。

据说，这是八百里秦岭间少有的真正的杜鹃，叫鹅石榴。

三

余海家的那个村子叫四家村，听起来，似乎这个村只有四大家族似的，其实并不是，不过余姓确实是这个村的最大旺姓，计有一千多人口。听老辈人说过，余家早年出过很多人物，盛极一时，到了近三十年，才衰落了下来。我堂姑嫁过去时，余海的父亲家已经很穷了，彩礼是一斗麦子。从我家到四家村有六十里，除了血缘关系，在地理距离上，我们也确实算真正的远亲。

余海有一个表弟叫王海，他是我初中时的学弟，一个胖子。我读初三时，他读初一。上早操时，我排初三第一排，他排初一最后一排，队伍绕着操场跑圈，他腿短，经常被我踩掉鞋子。

下面这个故事，是王海讲的。

二〇〇二年的金矿爆炸事故，已经过去了整整十八年。十八年，弹指一挥间，多少人与事早已云淡风轻，或化作了尘埃，但余海和王海都一直记着那一年。

他们两人是正月初到的矿上，到底是正月初几，已经忘了。那时候，人们都习惯早出门，门出得早，才能有选择余地，能找个称心的工作，因为你早到，很多位置还空着。反正走的那天，还很冷，大家穿着黄棉袄，像没穿衣服一样，走了一阵，王海又返回去，把媳妇的毛衣套在了里面。

那个地方叫义兴寨。当地人说，杨六郎镇守三关时到过这儿。余海说："我不认识杨六郎。"王海赶紧打圆场："你忘了吧，咋能不认识呢，他可是大英雄，保家卫国。"山西的工头连说："好好好。"山西当地人认杨六郎，就像习武人认关公一样，凡认杨六郎的人，都是自己人。

这是座地下矿，就是矿石在地下，从地面凿竖井往下开采。这种开采方式成本很高，除非矿富。这确实是一座富矿，不但量大，还有明金粒。

王海比余海小两岁，但比余海早一年到山西。这早到的一年，王海给人做副手，师傅是安康人。后来，这位师傅可能在爆炸中死了，王海说是可能，没有亲眼见到，但师傅的电话再没打通过。安康师傅没有成家，七八年没有回去过。他有一位情人，就在村子里租房住着。事发后，王海去村里找过她，但早已人去屋空。王海记得，那是一位美人。

王海给余海做副手，工作面在第三平巷。那地方离地面不知有多少米，王海记得，每次下班，两人要爬好几架竖梯，抓许多条大绳。第三平巷没有水，不但没有水，空气也不多，每次抽烟，打火机打许多次也打不燃。后来两人买了火柴，在擦火时，同时用两根拼着擦。

余海他们有两个工作面，一个采矿面，一个掘进面。余海说，反正下来一趟不容易，干一天就要算一天。这是双份钱，工头说："你们能吃得消？"余海说："吃得消。"余海有自己的把握，他发现掘进面的石头并不硬，顺手的话，一排炮下来也就三个小时，余下的时间正好采矿。两个面隔着三百米，来回不耽搁时间。

下面没有水源，只有打干眼，就是钻机工作中，只使用一条风管就行了。王海请教过余海："师傅，你说咱到过那么多地方，山高水高，这儿山都没有，这么深的地下，怎么就没有水呢？不是说金生水吗？"余海有些不耐烦，说："那你得去问老天爷。"

那时候，整个矿上都打干眼，下班的人个个白头粉面，待洗过了两盆水，才变回青年或中年。

四

时间到了五月。

山西的夏天来得晚，尤其是太行以北，五月只相当于陕西关中的四月，一早一晚还有些凉意。但该开的花都开过了，该长的树木都有了夏天的样子。远望平原，小麦泛着绿波，头顶的天，蓝得像另一个人间。

掘进面打到了三百米，始终没有见矿。半途掘进中，也经常发现一些小脉线，但再一茬炮爆过，空欢喜一场。老板找了工程师，勘察几回，最后说，停了吧，打错方向了。

采矿面还在继续，已经采到了一亩地大小。矿苲呈五十度倾斜，采场像一张竖起来的烧饼。王海有时候站在顶头的工作面，看余海扛着钻机上来，像一个小人儿。

五月二十四日，两人早早吃了饭。停了掘进面，采矿需要加大量才行，比不得以前有两份收入。两人商量，今天要打二十个孔，至少采下来五吨矿石。

今天有些不顺，先是风管爆了。大功率空气压缩机输送过来的气流异常有力，刚把风管拉到工作面，它叭的一声爆了。一股浓白的气流喷出来，采场立即听声不见人，风管在气流的催动下，在地上疯跳，吹得砂石乱飞。刚捆扎好风管，钻机又坏了，风叶的弹簧坏了两个。

收拾好这些，已经过去了三个小时。余海说，把干粮吃了。两人就开始啃馒头，没带水，就着苹果啃。苹果是运城那边果库去年的存货，已经没有了水分，又沙又干，异常甜。两人各啃了两个馒头、两个苹果，留了一部分，打算下班了再吃。路上要爬梯子，需要力气。

两人站起来，往工作面走。这时候，头顶掉下来一片石头，砸在了余海的头上，他的头灯当时就灭了，安全帽沿着斜坡一下滚到了底部。王海看见余海沿着采场滚下去，混合着碎了的石块。

王海喊人七手八脚把余海弄到了地面，发现余海并无大碍，除了掉了两颗门牙，就是一只耳朵只剩下一点儿皮连接着脑袋，像吊着一只蝙蝠。

在山下医院，医生说："要把耳朵接起来，得上北京，太原都不行。"老板说："上啥北京？剪下来算了，又不影响听力。"问余海意见，余海始终一语不发。过了一阵，余海突然大哭起来："我没有耳朵了……"

一月后，余海用一只左耳，换得了三万元工伤赔偿。也因为这场事故，余海躲过了那场大爆炸。

我问王海："如果当时到了北京，那只耳朵被接上了，余海会怎样？"王海说："你知道的。"

二〇一〇年八月，在甘肃马鬃山的一个长夜里，围着电炉子，王海对我讲述了以上故事。此夜，我们再没有说一句话。到天亮，我俩干空了两瓶小白杨。

外面的风刮了一夜。骆驼草的气味、牛羊粪的气味、月亮的气味，从门缝挤进来，充盈了没有灯光的一屋。

五

余海被查出矽肺病那年，我在内蒙古固阳。

消息是爱人打电话过来告诉我的，她吞吞吐吐，说："人有了二期矽肺病，还能活几年？"当时我正在房间烤煤火，同事们上班去了，炉火熊熊，窗外是无尽的冬景，有人在河里淘冬天的最后一茬金，有人在山上放羊，有一群毛驴无精打采。我说："还能活七八年吧。"其实我也不知道还能活几年。我想起来，有好多年没见过这位表弟了。在农村，好多亲戚，老死不相往来。

曾有一段时间，工友间突然兴起一阵洗肺热，很多人去医院洗了肺，有人花两万，有人花三万，有人说管用，有人说什么用也没有。洗了肺，又拼命上班，要把这份笔花费挣回来。

有一天夜里，爱人打来电话，说有人要借钱，借不借？我问借多少？她说两万，是余海要去山西洗肺。我说，借吧。

余海的命运与经历，对于我来说大部分是空白，所以我只能记录下一些零碎的章节，对于他来说，我大概也一样。就像我们在世界中行走，世界与行走者之间，又何尝不是彼此陌生而空白呢？

吃相凶猛的人

一

朝子是我家邻居。在他三十九岁那年死于一场至今成谜的矿山事故之前，我们一直是最说得来话的人。

在我老家这地方，名字带朝字的人很多，并不是梦想将来庙堂朝觐做官为宦的意思，就是随口一叫就有了。在吃饭都艰难的日月，没人把名字太当回事。但朝子长到二十岁就不再接受别人朝子、朝子地叫了，红着脸反驳对方说："是你家朝子呀？我是我家娘老子的朝子。"为此没少与人拌嘴。当然，拌到三十九岁那年就戛然而止了，至于在那边还与人拌不拌嘴，没人知道了。

朝子是个好吃家。

他惊人的吃相第一次出现是在初中二年级。那是一九八六年春天，地点是就读的中学，他刚过十二岁。

十二岁上到初中二年级，对于大多数人来说差不多算一个奇迹，但对朝子一点儿也不奇，他四岁就上小学了。那时候，生产队忙，家里也忙，天晴天阴都有忙不完的活儿，春播秋收，麦子玉米，缝补浆洗，一茬压着一茬。朝子妈又是生产队长，别人不上工她得上，有句话叫："有工夫生，没工夫养。"娘老子没工夫管他，他就跟着姐姐小丽往学校里跑。先在课堂上捣乱，用小棍儿扎哥哥姐姐们的屁股，或扒他们的裤子，不知怎么慢慢就老实了，老师让学生回答问题，学生还没答出来，他就答上来了。

那是个春暖花开的日子，这个花，是梨花。在我老家这地方，就数梨花开得正应景。桃花、杏花、山杜鹃们都在路上赶呢，梨花连叶子也没长开一片就开了。中学操场西边有一个乒乓球案子，墙根儿有一棵梨树，老得已不成样子，粉白粉白的梨花开了，开得不管不顾，它一边开一边落，也落得不管不顾，粉白粉白的花瓣落了一案一地。但梨花的香气一点儿也不张扬，无影无形，像是怕人知道似的。

朝子端了满满一盆糊汤趴在乒乓球案子上，展开了他前无古人的大吃。糊汤，就是玉米糁汤，是老家主要的饭食。那盆饭太满了，端不动，太烫，也危险，只有趴着吃。没有板凳，案子的高度远远超出了朝子蹲姿的高度，他努力地向上牵引着身子，所以有一条腿只能跪着，才能支撑起身体的高度和重量。

他先是用嘴吸吮，沿着盆沿儿，这盆糊汤实在是太稀了，里面除了瓦蓝瓦蓝的天，也有一枝梨花在开。他用筷子努力地去挑，但筷子上只有一层浆，糁粒与水很快分开了，沉淀了，反倒更稀了。盆面的一角是一堆下饭的菜，像污浊的水面上浮着一条小船儿，载了货，要去很远的地方。那沉浮的发黄的酸菜，是去年冬天家里腌的萝卜缨子，他妈每星期为他准备一小桶，用盐和蒜汁调了，可以尽管吃。在山里，它们一直要吃到三月底，才能接上地里的新白菜。

这一盆饭用去了饭票一斤半，如果用碗来盛，就是四碗。但那时候没有同学用碗打饭，用的都是搪瓷盆，深的浅的，白的蓝的，色彩五花八门，有细心的人家在盆底写上使用者的名字。整个吃饭的时间，学生食堂外面窗口下排着长长的队伍，前面已经吃完洗过了盆，后面的依旧在排着。所以没人用碗，待你吃完了第一碗，再打第二份，早又饿了或者饭早完结了。

朝子吃得山呼海啸、旁若无人，他的嘴像河马的嘴，拦截住了倾泻的饭流，但还是有汤水从腮边流下，他用筷子又拦挡了回去。他不知道有些人在偷偷看着他，这其中就有我。吃到一半，大约是饭已经冷却下来，他端起盆往嘴里灌，像电影里好汉们大碗饮酒似的，但气势要足得多，逼真得多。初春是有风的，梨花季节的风是真正的春风，带着湿意，也夹着寒意，混合着数不清的万物尘屑在空气里游荡。朝子把它们的一部分也灌进了肚子，所以他的小肚子很快就鼓了起来。

没有人记得朝子的这盆饭什么时候吃完的，到底吃没吃完，也没有人知道他为什么突然吃得这样凶猛。至于后者只有我知道，他把饭票弄丢了，那时候饭票金贵，但丢饭票也是经常的事。学校食堂实行的是饭票制，见票打饭。食堂窗口一到开饭时间，一长排小燕似的孩子，举着花花绿绿的饭票和饭盆。在吃这盆饭之前，他整整饿了一天一夜。这一天是星期三，这一天早上他爹刚刚给他交了灶粮。

二

日月如梭，一晃到了一九九〇年，我和朝子一晃就到了二十来岁。

没正经事干，我们结伙去秦岭河南灵宝金矿偷矿石。

一九八〇年前后，华山以东的小秦岭发现了储量丰富的金矿脉，随之开始了疯狂开采。黄金值钱，有开矿的，就有偷矿的，这就诞生了另一份职业——偷矿人。偷来的矿石，私人碾坊里选炼成金子，又卖给银行柜台。

大家不说偷矿，叫背矿，既是背，自然算营生。那时候十里八村的青壮年们都在干这样的活儿，是最主要的营生之一。

其实秦岭离我老家的村子很远，有金矿的那段秦岭更远，有二百多里。它在河南灵宝，就是老子骑青牛出关那地方。很多人都被地理课本搞蒙了，以为秦岭到了华山就结束了，其实不是，它又往东延伸了一截，这一截还不短，也有二百多里，不过气势下来了，习惯上不叫秦岭了，叫小秦岭。在金矿最繁盛的二十世纪九十年代，七十二条峪人满为患，说有十万人。十万人聚集在一岭两坡，真的是撒豆成兵，蝗虫一样。

一天早晨，太阳刚冒出山尖，我把牛赶出圈，牛还没来得及张口吃草，朝子骑一辆大红摩托车，冲过来，喊道："放啥牛，明天我们去背矿！"他拍了拍红艳艳的油箱盖。摩托车没有熄火，声音清脆，消声筒吐出一圈圈浑圆的尾烟。它崭新、锃亮，像一个初嫁的新人，油箱侧面一行字：南方125。

朝子初中读完死活就不读了，毕业后在村里浪荡了两年就上了矿山。近水楼台，村里壮年劳力们大多都在矿山打工，这是个短平快的营生，不受年龄技术限制。朝子开始给人开矿、推车、开三轮，感到太累、不自由，就开始偷矿，先是单干，后来和人结伙。到这会儿，他已在矿上混了四个年头了。这辆红色摩托车就是偷矿石卖钱买的。

这个世界上，恐怕没有比偷矿来钱更快的活儿了，早晨偷出一袋矿石，在碾坊里碾压提炼后，下午就能拿到黄澄澄的金子，过程简单又刺激。如果还想更快见现金，那就直接卖矿石，山上山下，买矿石的贩子比背矿的都多。当时矿上流行一句话："十个开矿的，五个偷矿的。"这显然有些夸张了，但真实说明了偷矿人之众。银行柜台收购的金子里，有很大一部分来自偷矿者。

背矿的驻地叫杨寨岭，它属于朱阳镇地界。这里是绵延两百里的小秦岭末段，矿量丰富，品位高，吸引了无数的目光。这里屯扎着数不清的背矿队伍，大的有三五十人，小的二人或三人，也有打零独干的，叫独角客，那是最不怕死的人。我与朝子加入一个老乡的队伍里，这是一支老牌的队伍，久经沙场，经验丰富。在小秦岭数不清的岭里杨寨岭算不上什么，不高也不雄，唯一的优势是它的位置，位控南北，路扼东西，进可攻，退可守，更重要的是岭的两坡下面就是村子，吃喝所需进得来，矿石卖得出。村子家家都有铁碾子，家家都做着同样的营生——作坊选矿。

杨寨岭原来也是一个矿区，慢慢地，矿石开枯竭了，矿井向附近地方转移，留下一山的窟窿、石头房子。开矿的人走了，偷矿的人来了，成了一个真正虎踞龙盘之地。

背矿有时在夜里，有时在白天，据情况而定。没有现成的矿石去背，要到几百米深的矿井里背，矿井里也没有现成的矿石去背，得自己把矿石从矿碴上打下来。这个打，就像从树上打果子，但要繁复困难得多。矿碴有厚有薄，品位有高有低，除了砸矿的技术，还得有眼力，得识货。打了没金子的矿石，背下山，与没背无异。总之，打到了矿石，才有的背，难的是打，险的是背，一路上过关斩将，八十一难。

这一晚，风高月黑，我们去一个叫185的矿井背矿，那是杨寨岭下几十个矿井中较有名的一个，属于国营性质。那时候，国营的企业声势浩大，但有机可乘，整个小秦岭有一半的国营矿口。至于时间，具体地说，是五月初四，再过一天就端午了。那夜，天上无星也无月。

每人屁股上别一把小锤、一根钢钎。小锤购自山下小店，钢钎来自铁炉自造，一根拇指粗细麻花钢截出尺许长，在炉火里加热到通红，一头砸扁淬火就成了。每人再夹着七八条编织袋子，路途凶险情况繁复，一只袋子扛不住用。

我们背矿的采场叫421，为什么叫421？后来才知道，就是421条黄金脉线，称谓最早来自地质勘探的图纸。上了两道天井，下了一道竖井，走了三千米平巷，终于到了采场，人已经晕头转向，没一点儿力气了。刚刚放过炮，浓烟与尘屑铺天盖地，对面难辨你我。上一班工人下班了，下一班还在路上。工人们实行的是两班倒，班与班中间有两三个小时的交接时间，谓之通风时间，对于背矿者，这是唯一绝佳的时机。

所有人开始疯狂打矿。

采场的倾斜度有近五十度，双脚几乎立不住。采场是随着矿体的形态形成的，因体赋形，一段高，一段低，高处勉强站直身

164

子，低处只能半趴着。采场已经上升到距离平巷四五十米高。懂得的人说，这是一个老采场了，矿石好，只有高品位的矿才会这么死命地采，品位差的早放弃了。

所有人把口袋铺在矿茬下面的地板上，一手锤，一手钎，在矿石面上拼命地敲打。矿石坚硬得像钢板一样，怎么也锤打不下来一块，钎头打击得矿石火花四溅。采场上没有灯泡，大家都把手电筒叼在嘴里，光柱随着身体晃动而闪烁。有运气好的，碰到的矿石因为经过炸药爆破而松疏，很快装满了一矿袋，在矿袋外面再套上几只袋子，扎实了口，猛地推滚下去，袋子很快下了平巷。它们很快会出洞，而后进入碾坊，最后变成黄澄澄的金子。

这时候，突然发生了一件事。

这种事，说突然也不突然，早在预想当中：矿警到了。

不同的是，这次他们带了枪。他们冲着采场轰了一枪。这一枪，比雷管炸药爆炸还要响，因为在空旷处，并且装足了火药，那巨响比空气跑得快，一圈圈铺开来，碰在石壁上，又弹回来，久久不能消失。多年之后，我到了大海边，看见了涨潮的海浪，突然想起了那一声枪响。

三

朝子回到杨寨岭时，已经是三天后了，他是最后一个回来的。有当夜回来的，有一天后、两天后回来的，朝子是最后一个，所有人都认为他一定死在了外面某个地方。那一夜，我们损兵折将，没有背回一块矿石。

所有人都睡下了。炊事员老李在切冬瓜，他要为大家准备明天的早饭。突然听到拍门声，他打开门，一个人木头一样歪倒了进来。老李喊了一声，是朝子！大家哗的一声起了床。

朝子并没有昏迷，只是站立不住了，他光着脚，鞋子早不知丢在哪里了，脚上血迹斑斑，浑身只有一条裤头，裤头也开了裆，像没门扇的门，那"宝贝"尽显无遗。

这一回，朝子又一次展示了他凶猛无比的吃相。

伙房的大铁锅里还有半锅饭，是大家吃剩下的拌汤，本来准备明天加水热成稀粥当作早餐的。

老李给他盛了一碗，拌汤还冒着热气，氤氤氲氲。朝子就坐在地上靠着灶台，大家还没来得及给他换上裤子，把一张床单披在他身上。

朝子接过来就往嘴里倒，他倒得又准又快，像往水缸里倒一瓢水，待老李第二碗端上来，那手上的碗已经底朝了天。晚饭已经吃过几个时辰，拌汤在锅里已变得黏稠甚至结块，没有半点儿汤汁了。它在朝子的嘴里怎么变成了流体，顺着喉咙进入肠胃的？这魔术似的吞咽壮举把人镇住了。

朝子一连吞了七碗，直到锅底见亮。

老李一边走马灯似的盛饭，一边掉眼泪，那眼泪一颗颗掉在了饭碗里。

朝子翻了翻白眼，说饱了，咕咚一声倒了下去。

朝子大睡了一天一夜。

醒来，朝子给大家讲了那三天的经历：那天，枪一响，所有人都傻了，接着像马蜂炸了窝。朝子从采场滚下来，顺着平巷乱奔，他已经忘了来时的路线，觉得顺着铁轨一定能跑出洞口，出了洞口就有办法回杨寨岭了。他顺着地上的铁轨跑啊跑，后面的追赶声渐渐弱下去，消失了。好在虽然慌乱，但手电还在。也不知跑了多远，地上的铁轨消失了，迎面是一道黑乎乎的石墙，上面一排残孔。虽然是第一次进矿洞，但朝子也知道，这是一条死巷，就是巷道打到了这儿，没有价值或别的原因，停下了。这时手电筒的光渐渐弱了下来，朝子知道，电池快耗尽了。

他顺着轨道往回走，为了节省电，只能亮一阵，黑一阵。巷道七弯八拐，时不时分出岔道，不知道它们都通到了哪里？不知道走了多远，朝子看见巷道的上侧有一道亮光，亮光从一个窟窿照下来，像一只喇叭花张开来，在地上形成一个圆。朝子扒在窟窿上向上看，上面是一个空空的采区，有一溜儿大灯泡亮着。虽然没有看到人，但知道这里一定有人施工。朝子仔细看了看，窟窟边堵着两根枕木，他用力顶了一下，石头、木头哗地落了下来，窟窿立马就扩大了。

沿着窟窿上去，走不多久，一群人过来盘问他是哪个洞口的，朝子说："自己人，185的。"那群人说："你是什么自己人，这里是186。"随即朝子被鞋带捆了双手，押到了一个石头房子里。房子是一间值班室，除了满满当当一屋子叫叫嚷嚷的人，什么也没有。抓他的那伙人扒了他的上衣，顺带拉出来打了一顿棍子，让他带信给家里拿钱赎人。朝子在石头房子里被关了一天一夜，换班时，那伙人中的一个人说："这小子是跑单帮的，会不会饿死？"另一个说："放了算了，人太多了，关不下了。"

朝子顺着一条沟往下走。沟里洞口不多，也没有公路，头顶上架设了无数条索道，矿斗在缆索上呼呼着来回，小飞机一样。山根上有一匹匹骡子在驮矿石，有的往东走，有的往西走。朝子走进了一个工棚，大约是都上班去了，里面没有人，案板上有一棵白菜，有一盆子冷馍。朝子拿起了一个就往嘴里塞。馍还没咬下来一口，当头挨了一闷棍。糊里糊涂又被送到了一个铁皮房子里，房子里有几个穿迷彩服的人，不容分说又给他戴上了手铐，顺带又打了一顿。他们扒掉了朝子的裤子。这是防止逃跑最有效的方法。

总之，三天里，朝子记得被打了两顿棍子，没有喝一口水，还记得秦岭山真大呀，像到了怎么也走不到头的天边。

四

峡河土地庙往东十里是张村，往西十里是贾村。贾把式是贾村出细活儿的木匠。木匠活儿分细活儿与粗活儿，细活儿就是雕梁画栋，窗扉床帏，粗活儿就是竖梁立架，专做大家什。但这些年，村里早用不上贾把式的好手艺了，倒是那些一只板凳都做不好的小青年，成了城里的香饽饽。贾把式改弦更张，给人打起了棺材，房子可以不修，家具可以不打，村子里人死了总是要埋的，用一个时髦的词：刚需。

二〇一三年中秋这天，贾把式又接了一个活儿：打一口白木棺材。虽然棺材怎么打样子都差不多，但级别却差了许多，白木棺是最低级别的，不但不要求工艺，板材也大可随便，一个词：便宜。

这口白木棺材是打给朝子的。

三天三夜，棺材打成功了，桐木的。贾把式随手一抱就把一头抬起来了，真轻。贾把式躺进去试了试，脚头还有一尺的空，嘴里说，好，好。这棵桐树在贾把式家猪圈旁长了三十多年，一人合抱不过来，只是被啄木鸟掏了一个大洞，年年一群马蜂做窝，吃亏的人不少。贾把式记得，前年还是朝子帮忙用油锯把树放倒的。巨大的树身倒下来，像天塌下来似的。

虽然是桐木的，虽然没挣到几个工钱，贾把式还是在棺材大头的横板上雕了龙凤图。龙张牙舞爪，凤鸣于九天，活生生的，要飞起来，龙鳞与凤羽片片纤毫毕现。这是只有柏木棺才配得上的雕花图。

朝子在外面出事了，矿洞天板落下来一大片，人被压扁了。

村里去收尸的几个年轻人还没有回来，与矿老板谈不拢命价。老板说人是被方便面噎死的，他吃得太猛了，一人啃了半箱，但收尸人看着朝子虽然嘴里含了一嘴方便面渣子，但明明还是被石头压死的。双方就僵持着，谁也不让步。那矿洞太深了，中午回不来，老板就买了一箱箱方便面，大家午歇时干啃。那些年里，矿山一直都是这样。

贾把式一边给棺材抛光，一边叹了口气："哎，吃相太凶的，没个善终的。"接着又说起了前朝古人。

当时矿洞里到底发生了什么，没有人搞得清楚，因为现场几个人没一个活下来。

不过，啃的方便面倒是弄清楚了，是有名的面，牌子叫六丁目，因为那牌子的字太潦草了，有人误读成六丁月，也有读成六丁日的。

在苦盏

一觉醒来，也不知道是中午还是下午了。透过彩钢工房又高又小的玻璃窗子往外看，山地逶迤，高的山，低的壑，成片又分散的戈壁滩，几乎寸草不生，偶尔的几片绿色，倒像是伤后的疤痕。阳光白花花地照耀着这片陌生的世界，隔着远远的距离，也扎得张亮眼睛都不敢睁开。

西安—乌鲁木齐—苦盏，三天两夜，一万里路云和月，仿佛一场梦境，又真实，又虚幻。一泡尿憋得张亮难受极了，他轻手轻脚爬起来，隔壁和邻床都睡得正香，那是下了夜班的工人和一同新来的伙伴们。睡前没脱衣服，这会儿也就用不着费事，他趿拉上鞋子拉开了门。啊，一阵风猛地灌进来。

山下边，正午的城市像一片受了严重污染又十分平静的大海，朦朦胧胧，距离太远，但还是大致感受到哪里是楼，哪里是马路，哪里是商业区，哪里是人住的地方。昨晚飞机降落在苦盏机场的时

171

候正是半夜，月亮如钩，星光暗弱，坐进了上山的吉普车没摇晃几下就睡死了。张亮对着山下狠狠撒了一泡尿。这是进入这个高山之国的第一泡尿。液体被山风迎面一击，飞溅的水粒晶莹无比。

看得出，这是一个规模庞大的矿区。从家里走的时候，老板在电话里说："我们干的是铅锌矿，没毒，干十年八年都没事。"张亮在国内跑过数不清的矿山，还没看到铅锌矿有这么大体量的。从山脚到山顶开了十几个矿口，看似错落零乱，却充分利用了地形，是最合理的布局设计了。电矿车长龙一样开出来，哗地倒下矿石和废石，又长龙一样开进去，可以想见矿洞非常深远了。有工人出出进进，从帽子颜色可以判断出他们分属不同的工种和工队。听老板说过，整个矿区有七八千工人，中方占着大股份，但中方工人只占很小一部分，主要承担技术工作。

一条大河闪着波光流向远方，不知它从哪里来，也不知道流到了哪里。河是这个世界上唯一不会遮掩的东西，哪怕再小也会一览无余。一个月后，张亮知道了工作地的名字——列宁纳巴德州，也知道了这条著名大河的名字——费尔干纳大运河。

二

电矿车咚咚哐哐驰骋了半个小时，终于见到了第一个岔道。今天是头一班，行前组长吩咐说，先熟悉熟悉情况，摸摸石头脾气，干下来干不下来都没事。张亮吃了一份半炒米饭，又带了一大包葡萄，这东西又解渴又顶饿。列宁纳巴德盛产葡萄，眼下正是采收季节，厨房放着一大筐子，随便吃随便带。搭班的马见是四川人，比张亮早来一年多。他坐在矿斗里一语不发，不停抽着烟。张亮知道矿上干久了没有谁不疲沓，大家都不想说话。

矿车在岔道口被一分为二，一部分车斗被接车的工人接进了另一条巷道，所剩的十节车斗继续往前走。巷道越往前走越窄，岔道也越来越多，只有在道口才有一两颗亮着的灯泡。车斗的边帮时不时在巷壁上擦出火花。

这种黑暗中的长奔，张亮都记不清经历过多少次，看似平静却隐藏无数凶险。洞子深，为提高工人进出效率，矿车经常也被当作通勤车使用，张亮想起来有一年在马鬃山：那一天，二十节车斗风驰电掣，每节都坐着一或二三个上班的工人，齐齐打开的头灯把洞壁照耀得通明。突然一节车斗横着向洞壁倾倒，车斗与洞壁仅有半尺空隙，车斗还在狂奔，车斗边缘部分与石壁猛烈碰撞着，一个工人的脑袋当时就被挤压碎了。他的头灯还亮着，挂在边帮上随着车轨明晃晃地奔跑。那是车斗与前后车斗的连接销脱开了。

张亮用一只手紧紧按着锁口销，屁股下的半盒马蹄钻头硌得人生疼。走完了平巷，又下了一段斜坡，今天的工作面终于到了。

两条白塑料管子一粗一细从外面架进来，沿头顶两侧曲曲绕绕。张亮知道，粗的是风管，细的是水管。在接近工作面的地方各改接了黑软胶管，软管各盘成一堆。两台风钻靠在一角，张亮看了看，一台27型，一台28型。张亮认得它们，这种粗笨型的家伙产自中国沈阳，但它们十分耐用，也容易维修，张亮记不得十几年里自己将它们的同胞们开膛破肚了多少回。

张亮感到有些胸闷，他知道这里氧气稀薄，也是因为好长时间没有下过深井了。在来这儿之前，他已整整失业半年，国内矿山好像没有一处景气的，听说有一些伙伴到了更远的非洲。

"一个月前，我就在这里干，最后一茬炮没搞好。"马见一边给机器加机油，一边告诉张亮。张亮惊诧地发现，这个低眉小眼的小个子男人，有一双异常精致漂亮的手，细长、白净，五指间几乎无缝，头灯白亮亮的光柱照着它，手上的皮肤纹理与绒毛纤毫毕现，似乎岁月和生活独独饶过了它。

果然，掌子面有几条炮管，隐隐约约，被岩石挤压得几乎看不到了。两种情况，一种是岩石突然出现了松软变化，一种是炮位的布局欠合理，都容易造成爆破失败和哑炮。从岩石的密度看，眼前的情况无疑属于后者。张亮知道，今天要特别小心。

两台机子开动起来，窄小的空间立即充斥轰鸣。消声罩喷出的雾气像放烟雾弹。张亮的机器负责掏心孔，马见从边眼开始。两台机器按常规需要三人操作，一人专门负责帮衬，但工队人手不够。

工作面中心部位的岩石看似完好，其实已经被上一茬炮完全破坏了，所以在选择掏心孔时需要经验，好在两人都不缺经验，如果换了新手，定会做无用功。

张亮抱着一台 28 型风钻，它的特点是沉稳有力，缺点是转速慢。在雷声一样的轰鸣里，张亮能听到活塞锤一下一下撞击着钎尾，钎杆匀速转动，把力量传导到钻头上，钻头一分一分往岩石里进。这是一台好家伙，至少半年不用大修。

张亮看着马见抱着那台 27 型风钻，完成一个边眼又一个边眼，叼着一支烟，心无旁骛。马见戴着一双崭新的胶皮手套，鲜红鲜红，控制升降阀的手有两根手指竖着，像兔子的耳朵。钻孔喷射出来的水，把他裤子打湿了半截。27 型风钻异常暴烈，活塞速度快但不易掌握，进孔并不快。马见死死扣着升降扳机，机头跳动不停。张亮看得出马见的功夫还欠火候，这样很危险，摆动的机头很容易将高速转动的钎杆折断，如果控制不住，后果不堪设想。

掏心孔终于完成了，像一个去了莲子的莲饼。七个孔位排列在一块巴掌大的岩面上，组成一个好看的圆盘。孔与孔的间隙均匀、精致，简直是一件艺术品。张亮坚信，在两米多深的岩石底部，它们同样精致、标准。

马见咧嘴给了一个大拇指："安逸，安逸。"

张亮发现面前的岩石非常坚硬，硬得完全超出自己的经验。

钻头在进入到钻孔的一半时就钝了，明显感觉到进孔速度慢下来了。钝了的钻头把与岩石的撞击力又传导回来，震得虎口生疼。好在今天的钻头数量足够用。爆破行有一句行话：不怕硬，最怕绵。坚硬的好处是岩石因密度大而具有脆性，容易被炸药击碎，只要孔位合理，更容易成功。

两人躲在岔道里，一下一下数着爆破声：一、二、三……二十四。炮声沉闷有力，每爆响一声，都能听到碎石哗的一声散开。冲击波和烟尘沿着巷道洪水一样往外推，最后渐渐被空间和岩层吸纳消解。两人四目相对一笑。他们知道，今天成功了。

走在出洞的铁轨上，张亮有些兴奋：合同没白签呀！他仿佛看见了三年一千个日子后合同期满那天，一张金灿灿的卡，那里面是接近七位数的收获……

三

日子像流水一样，偶尔波澜壮阔，更多的时候无声无息，仿佛没来过一样。

张亮坐在工房边的一堆石头上，这是一幢建于一个小垭口的独栋房子，一半是厨房一半是宿舍。山坡陡峭，适合建房子的地方有限。张亮发现，石头与石头之间填满了烟头、纸盒，坐过的人大概太多了，粗糙的石头被屁股和鞋掌打磨得很光滑。这是一堆饱经风霜的石头，外表被一年一年的风雨剥蚀，裸露的纹理粗放不羁。张亮自信见过太多类型的石头了，也懂得太多石头，却弄不清这到底是什么石头。

张亮下班和休息的时候总是爱在这里坐一阵，喜欢看对面的山，看山下的公路，看公路上走过的牛马和赶牲畜的人，看宽袍大袖的人们奔跑和游荡，想象他们不一样的生活。张亮发现，这是一个喜欢游荡的民族，人们总是不紧不慢。他想起来，老家父辈们几十年前也是这样游荡着过日子的。

风从山脚吹上来，张亮明显感觉到了它的力量在一天天长大，由温顺变得冷硬了。灰尘与草叶在风里打着旋，上升、下落、长时间旋停不动。对面山顶上已经显白了，那是早落的霜或雪。张亮已记不清现在是几月几号了，在这里，人们不需要记日子，到了工队轧月账那天，账本会告诉你今天是某月三十号。

想想梦一样遥远的合同结束的那个日子，张亮禁不住打了个战。一千个日子比一万个日子都漫长呀！

马见从厨房窗口伸出半个头，向张亮做出个吃饭的动作。这家伙吃肉喝酒天下第一，却总是不胖。再有一年多这家伙就合同期满了，自然每天乐呵呵了。

今天是夜班，吃了饭，打麻将。麻将是从国内捎来的。矿上有两个小卖部，除了吃的，就是喝的，扑克牌都没有。小店有一半吃喝来自中国，康师傅方便面十元一桶。可以用人民币在店里买东西，张亮不知道在别的地方能不能通用，大家不敢外出，矿上有纪律，说自个儿行动出了事自己负责，都知道这个责谁也负不起。

打的是四川麻将，开始时张亮怎么也赢不了，输了两千多后，终于缴足了学费，输给老周和张胖的钱又赢了回来。张胖是工队的厨师，吹牛年轻时在宽窄巷子开过火锅店，也不知真假，反正没有在这儿显过手艺。张胖有一个女朋友，在苦盏开杂货店，是采购货物时认识的。大家问那女人叫什么名字，张胖说一大串洋码子谁记得住？大家又逼他拍张照来看看，张胖答应了一百回，手机相册里终于出现了一个壮硕无比的人。大伙儿一看，笑他，这哪是女朋友，分明是男朋友嘛。

没有桌子，大家把被子揭起来搬到另一张床上，床板就成了麻将桌，南北还行，东西两方距离就显得太远了，摸牌出牌就要费很大的周章。马见说："师傅，你只管整牌，我替你摸打。"在这间屋子，这唯一的娱乐活动日夜上演，因为总有几张床因为主人上班闲下来，总有人因为轮班休息没事可干。

虽说矿上有纪律，老工人们还是会经常下山进城，购材料，买日用品，找饭店解馋，有的是时间，也有的是理由。老板也睁只眼闭只眼。渐渐地，下山的人嘴里会吐出一些名字来——米娜、迪丽、古娅，是听来的，还是对方告诉的，不知道，手机相册里会多出几张穿长裙、包头巾的照片，是偷拍的，还是摆拍的，没有人会细问，那是个人的小秘密。这些秘密，对于身陷异国的个人生活而言，才是力量中的力量。邻矿的一个福建爆破工人甚至投资了一家小型洗车店，听说生意还不错。

打了七八圈，不赢也不输，困意袭了上来，眼皮直打架。马见看了出来，说："张师傅，我替你打，你眯一阵，晚上还要指着你的手艺呢。"

进宿舍门时，张亮见对面矿口出来了两节车斗，被一个车头急急顶出来。单轨行车成本高昂，这种单车独行的情况很少见。张亮猜一定是出情况了，果然，一个人从车斗里被抬了出来，身子软得像面条，安全帽还紧紧戴在头上，大概是帽带系得紧，估计是被炮烟熏了。一辆白色皮卡接上他们，急急向山下奔去。车后面一股尘土扬起来，像一阵烟，很快又被风吹干净了，像什么也没发生过。

张亮头沾上枕头就睡着了。

四

腊月二十三，小年。

气温下降到了零下十七八度。天还没亮，窗子外面一片模糊。风一阵急一阵缓地撞击着门，急的是迎门的风，缓的是顺门的风，这山上的风没个准，常常吹乱了方向。床头的电话响了起来，铃声急迫，一阵紧接一阵，张亮死活不想起来，"天不怕，地不怕，最怕井下打电话"。那铃声就是催命的诏书，响急了，马见探身一把将电话线给摘了。这是工作面的渣工打来的，说明石渣快出完了，按照经验应该还有两三斗，来得及。

张亮把衣服拿在手里，翻来覆去不想上身，揉搓中它发出了咔咔的声音，薄薄的冰碴儿落了一地。屋子里的温度太低了，床上有电热毯，地上却没有电炉子，衣服自湿自干听天由命，向老板要求了许多次买个烘干器，总说让多备几套工装轮换着穿。也的确，电费在这里太贵了。

马见撒完了尿，打着哆嗦回来说："矿部让开会。"张亮有些生气，开会干啥不早通知，换上了衣服又上不成了。马见说："怕不是好事，大半年都没开过会了。"两人把上班衣服换下来，穿上干净外套，去矿工程部。张胖在床上翻了个身醒过来，说梦话似的："拿个馒头再走，在蒸笼里，不凉。"

天地苍黄，一眼能看到百里之外。只见远处一山高过一山，那最远处的山高得似有似无。山巅上一律花白。有一群羊在山腰游荡，牧羊人皮毛蒙头，像一只黑雕。

满满一屋子人，有些见过，有些从来没见过，见过的也叫不上名字。将士征战各为各主，虽然同在一座矿山，干着相同的活儿，却是各在各的坑口和岗位，各有各的圈子，再说，铁打的营盘流水的兵，也没必要认识。

讲话的人倒是认识，是总部的老李，主抓工程进度，坐着的几个领导没见过。老李说："叫大家来也没别的事，就是工程的事，我们手下的七个矿口，巷道打了上万米，投了快一个亿，没一个见矿的，是不是出了妖了？"他狠狠抽了几口烟，又讲："这样下去，谁也扛不住，开矿不见矿，哪里收钱去？下面，大家发言，是巷道都走错了方向，还是都没到位？接下来，到底怎么办？"

没有一个人知道怎么办，或者知道也不愿说，总之没一个发言的。这叫诸葛亮会，据说这招在战争中被无数次使用。其实干矿山也是一场战斗，到了生死处谁也没了主意。按说，出不出矿也不是爆破工管的事，哪个矿口没两个技术工程师？老李有些急了，提高嗓门："大家都身经百战，什么样的情况没经历过？说，大胆说！错了，没你啥责任，对了，打到了矿，奖一万！今天我说了算！"

大家七嘴八舌一片嗡嗡响，烟民们趁机点上烟卷，屋子立时烟雾如海。

张亮举起了手，说："别的洞口我不知道，我干的工作面快了，往北走。"马见赶紧拉了一下张亮的手袖："张师傅，可不敢胡说，出不了矿，这锅背不动。"

老李拍了下桌子："好，就听你的。你可以回去上班了。其余的，留下继续开会。"

这样的会，在十几年工作生涯里不知开过多少次了，这样肯定的判断也不是一回两回了，张亮从来没有失手过。

昨天那茬炮，石头明显变软了，工作面上隐隐有金属的光点，虽然细小，张亮还是看到它们了，而从钻孔流出的水有股淡淡的金属味。或者十米，或者五十米，就该截住矿层了。

五

有一回吃饭，老周说自己就要五十岁了，张亮看了看他，怎么也不相信。那一头黑而浓密的头发，没有一根白的，也没有多少胡子，白白净净的，的确像个当官的。有一次打麻将，三输一，老周一下赢了一千多，张胖就骂他："你简直就是个贪官！"从此，他就有了一个新名字——贪官。

老周是三号口一个工作面的主爆破手，他的伙伴是山西人，山西人说话不好懂："知道啊不，繁峙大爆炸，那一年俄（我）就干爆破了。"主爆破手就是两个人里技术最过硬、经验最丰富的那个，要对爆破效果负责，对工资收入负责。掘进爆破是有成本的，最直接的成本是炸药材料五项，那是算在爆破工名下的，浪费了材料也就没有了收入。这一行，不服技术经验不行。你在太行山的技术经验不一定在昆仑山管用。技术经验不够的，就只能做副手，工资却是一样，也有不同的，自行分配。

今天，是老周的生日。

老周开着工队运材料的黑色吉普。这匹悍骏烈马力大无穷，从不怠工也从不认生，谁都能开。车上除了本坑口的人，还有另外坑口的两个人，是老周的老乡。大家要为老周庆生。爆破行干到五十岁，经历了多少生死呀，干一年少一年了。

大半年了，张亮还是头一次下山，电话卡、工作服、零食、日用品，一切都由工队代办，他不用操心。要说看稀罕，半辈子到过多少地方，见过多少山水人事，早不稀奇了。

沿途所见，张亮仿佛又回到了十年前的南疆叶尔羌河流域，都在他的预想当中，但还是让人止不住兴奋。村子的杏花开了，像一片无边无际的粉色云彩浮游在低空。它仿佛是流动的，车子到了村后它在村后，到了村前它也到了村前，似乎是追着车子在跑。围绕着村子的青杨直立，没一棵弯曲的，叶子浸了羊脂一样碧澈发亮。而村子以外的世界依旧是苍黄的，苍茫辽阔。天上没有一片云，地上偶尔投出一个影子，那是低飞的鹰划过。

饭店不大，抓饭、烤包子、焖肉、牛肉汤、奶皮子、各种果干，标准的当地吃食，满满一桌。跑了半条街，没找到中式饭馆。这么大的城市，肯定有，大家都懒得找了，开始推杯换盏。

酒是红葡萄酒，那上面的字，谁也不认识。这酒劲真大，大家都喝得面红耳赤。

平时个个吹牛在这里认识多少多少人，有多少朋友，男的、女的、生死不忘的，喝酒时才知道谁也没有，一桌子自己人，喝得热闹又寂寞。人人都有一肚子话，说着喝着，不知不觉间就有人醉了。

张胖逞能给女朋友打电话，让送水果来解酒，打了半天终于有人接了，叽里呱啦，他自己都没听懂，最后终于懂了一句：你自己不会去买啊。

服务生和门口过往的行人好奇地看着一群喝酒的中国男人。

吃喝间，老李接了一个电话，是老家打来的。接听时拿电话的手都兴奋不已，听完了，脸都绿了：父亲病重。

老李到底是哪里人？他不说，也没人追问。江湖漂泊，乡音早改，没人能从口音听得出来。老李在这里干了两年半了，再有半年，合同就期满了，有了这份收入，就再也不用干这炸药上讨食的活儿了。干爆破的，之所以玩命干，只是为了明天不再干。而违约只能拿到工资收入的一半，白纸黑字，没得商量。

老李还是执意要回去。

这天的饭，大家都没吃饱，而所有的酒瓶都空了。

老李是三天后回国的，那一天，大家都有班要上，只能送到山下。天下着雨，雨水浸润的空气澄明又干净，可以看见车子开到很远，最后变成一个黑点。

六

张亮没有判断失误，开会后仅十天，终于截住了矿层。那一天工队鞭炮齐鸣，那一天是个好日子：二〇一九年正月初三。

一万元现金直接发到了张亮手里，那一天大家都没上班，打了一天麻将。张亮把奖金的三分之一输给了同事们，这钱不能独享，它原本也应该属于大家。张胖也第一次拿出了他宽窄巷子的手艺：红葡萄酒配火锅。

张亮至今记得见矿前的最后一茬炮，钻头进到岩层一半时，由洞外水池通过高压灌进来的清澈水流，在钻孔里突然变成了浓烈的黑水，夹杂着一股硫香，在空无一物的巷道膨胀、扩散，被转动的六棱钎杆摔向石壁，又在脚下渐渐沉淀出一条黑带。张亮用手接住了一股细流，它在手心铺排出一层细细的金属末。这意味着，不但有矿，而且成色极好。

爆破结束，两人抓着高压风管头，冲向工作面。风把浓烟吹开，砂石飞溅，展现在面前的是两米厚的矿层。铅花像牡丹一样在矿体上绽开着，密集，晶亮，仿若一幅藏了亿年的壁画。

出矿了，整个工队的工作立即大调整。矿脉像一盏灯，所有没见矿的巷道都向着这一方向掘进，而矿层沿线启动开采基础工程：左右开巷和向上掘进天井。

张亮和马见被安排天井掘进。采矿是将来的长期大工程，为了效率，为了通风排烟，需要与上面二级巷道打通。天井掘进需要最好的技术。

那一天，打好了炮孔，张亮在工作面收拾风钻、风水管，马见去拿炸药、雷管。天井打到了五十米高，倾斜七十度，一排炮响，石渣荡然无存，全都下了平巷。出渣工减少了扒渣工序，两人却每天累得死去活来。天井掘进是所有矿山掘进里技术和体力难度最大的活儿。排烟困难，坡度陡峭，不知道有多少人殒命在工作面，不是摔落就是缺氧致死。

张亮把风钻拆开，机头与气腿分挂于两边岩壁，用铁丝拧紧，又把风水管收回到壁桩上如法炮制，这样爆破时飞溅的石块就破坏不到了。做完这些，还不见马见拿炸药过来。难道是打不开锁？炸药存放处是一个小型专用仓库，门上有一把锈迹斑斑的大锁。

张亮喊了几声，没有回音。他拽着大绳下了天井。

马见静静躺在炸药库外面转角的巷道上，身上铺盖着一层石块，有一块一米见方的石头压在了背部。天板垮塌了！

张亮看见那双精美绝伦的手，一只紧紧抓着一包炸药，一只被石头压着，仅露出手腕之后的部分，一股殷红流出来，混合着巷道里的水曲曲弯弯。张亮知道，这双经历过无数炸药、推挡过长长生活的手，这双曾和他并肩征战的手，再也无法合作了。

半月后，张亮离开了矿山。没什么缘由，仅仅是身体无力支撑这太长的沉重。算起来，来来去去，他在这片高山之地整整待了一年。

听说马见活过来了，又听说没挺过来。对于时间和无关者来说，任何事故都仅仅是故事。生活，不允许每个人记住太多的过往，过往比石头都重。

七

二〇一九年九月的某天下午，黄亮亮的夕阳从西边窗户照进来，铺了屋子一地，玻璃有些旧了，上面的旧窗花和尘垢让光亮减弱了许多，虽然黄昏尚远，但屋子并不明亮。

我和张亮坐在他家的堂屋里。屋子有些年代了，墙皮脱落，一口水缸笨重地立在墙角，上面水龙头点点滴水。递他一支烟，我说，开始吧。几天前，我就和张亮约好听他讲讲一年的异国矿山生活。张亮是我家邻居，按这行业算起来，他算个晚辈。我说："你随便讲，讲讲你，也讲讲你的同事们。"张亮头上有一缕白发，在阳光下有些灰白，像画上去的一抹败笔。我想起来，他也快四十岁了。张亮说行，又说，就不要用真名了，死的、活的人，都要安静。

以上，是他的口述。故事渐远，一如流水渐逝，没有多少波澜，也没多少痕迹，细小又混沌。

南地十年

由于某些可以理解的原因，在这篇故事里，我隐去了主人公的姓名，用"我"来替代。"我"不是我，"我"是我童年的一位玩伴后来的表姐夫。一些可能引起误会和对号入座的地名和事件，也尽可能模糊。我想说的是，这篇故事是真实的，从大命运到一些细枝末节都是。

一

明天就要离开这座耗尽了我青春意气的城市了，除了不甘和无奈，还能怎么样呢？

南地十年，我差不多能完全听得懂这里所有的方言俚语，记住几乎每一条路径，每一条街街巷巷。

这里的水玛瑙一样绿，岛上的植卉四季如碧；沙滩广阔温柔，潮涨而没，潮落而出；商业街上的服装专卖店，熙熙攘攘，花红柳绿，没钱也不要紧，带上一双眼睛和一张嘴就行了……所有这些，曾像夏天的海风，将我的青春吹动，现在它们依然如故，而我将回到已十分陌生的故乡，一个在时间上几乎停滞的西北小镇。

这座城市整整耗去我生命中甚为宝贵的十年，我的三十岁到四十岁在这里忙碌地度过了，消失得无影无踪。按照现在人们对生命的划分，这是真正的黄金十年。

那一年初春，家乡乍暖还寒。我把两辆大巴和线路转给了别人。不是做不下去了，实在是这个行业太烦人了，跑客运五年，从来没有睡过一天早觉，每天早上五点起床，晚上十点睡下，风雨无改，整个人比机器还像机器。好在，五年劳碌，换来了还有些丰厚的收获，用这些资本，可以做一些想做的事了。

四月，我怀揣着三十万元积蓄，随妻弟南下闯明天。说创业有些不准确，因为还不知道会从事什么业，说闯荡也有点儿夸张，毕竟还有点儿目标和方向。发小和各路朋友为我饯行，在镇上最大的饭店"凤来居"，大伙儿敬以西凤大曲为我壮行色。其时，由家乡通往县城的小路两旁桃花灼灼，五峰山上崭新松针的清香直直漫下河堤。

妻弟小我一岁，其实也称得上发小。小时候，我们一块儿打架、和尿泥，一起上小学、中学。他比同村青年先一步南下，先是在广东，再是杭州，最后在这座城市一待五年。在这个海风吹酥的地方，娶了老婆，生了孩子，对于依然在漂泊的打工族来说，他已算半个当地人了。相信随着时间的延伸，他将扎下更深的根须。

其实妻弟也没什么实力，唯一的本钱就是那一米八五的大个头儿和帅气的外表，一颗还不算笨的头脑外加勤快能干。当然，这些放在哪里也算一个好男人，足以吸引姑娘了。这些年，他一直在工厂做工，做冰箱组装，由一线工人做到了质检小组长。虽然不是核心人员，厂里的各种信息也看在了眼里。他强力要求我南下开厂。理由是，一个有开厂实力的人不开厂，活着就是严重浪费。

二

初来乍到，一切还算顺利。在大溪一个依山傍水的地方，在妻弟和他那些朋友的通力攻关下，我以二十万元盘下了一个小厂。其实也就是一个小作坊，一台铣床，一台磨床，外加一些我都不知道名字的小型设备。因为经营不善，这个小厂停工半年了，机器已稍有锈迹。妻弟从人才市场招来了五个工人，厂子就干了起来。

没有订单，就替人加工一些小模具、简易工装冶具，一些奇奇怪怪的小零部件。这些都是别人订单太多或太急，完不成的剩余活儿。我能拿到这些活儿，一方面是因为我的要价更低，另外得益于妻弟多年的人脉。我不懂图纸资料，也不懂生产工序，应该感谢这些熟练工人，是他们兢兢业业、按时按质完成了这些活儿。为表示感谢，我要求厨房每天为他们加餐，提供香烟和饮料等福利。我把工厂建成了一个家庭的样子。

工厂一天天做大，订单慢慢飞来，工人增加到十几个。为了保证产品的质量和生产进度，我特别加重了技术工人和熟练工的份额，这群人更多的是四十至五十岁的老工人，有的二十来岁进厂，做了半辈子，因为年龄、身体和文凭原因，不受人待见，其实他们丰富的经验就是巨大的财富，很多工作都能独当一面，这一点被许多招工厂家忽视了。企业的竞争，说到底是人才的竞争，我真正体会到了这句话的斤两，也从中获益不浅。

到了年底一盘算，收获不小，点点滴滴加起来，接近七位数。这是一个天文数字，在家乡小镇，迄今没有听说谁能达到，开了三十年的"凤来居"也不能。为了更进一步发展，我把妻弟挖了过来，他的身后又跟来了一群人。

在故乡，如果说贫穷限制了我的想象，现在偏僻的区位则限制了我的发展。我决定换一个地方，把厂子做大一些。毕竟，现在的我羽翼渐丰了。

第二年，政府在东郊拿出了一片地，建工业园区。这倒没什么新鲜，全国很多地方都这么做了，如果你稍加留意，到处都是这样的招商广告，谓之筑巢引凤。有些地方还专门成立了招商引资部门，下了硬指标。

但是，进入这个工业园区并非易事，首先得拿地、建办公楼、建厂房，还得有规模、上档次。按最低的要求，我算了一下，要二百万。为了凑够这些钱，我把原厂盘了出去，包括所有增添的设备，外加手上的一些订单。树挪死，人挪活，为了更远的明天，只有豁出去了。好在当时的制造加工业还在上升期。厂子盘出去并没有吃亏，还赚了一点儿，加上从老家银行贷款和向朋友们借的，终于凑够了。我很庆幸，虽然不在家乡发展了，镇上农村信用社依然给予了很大帮助，亲朋好友们也还给力。而在这边，我们始终是外地人，哪怕是每年都在缴费缴税，要想融资，只有高利贷一条路。

无心插柳柳成荫。这时候，有家先入驻的企业，厂房要出租，他们把厂房建起来却迟迟没有投产，是因为高层内部发生了一些变故，决策层把力量投入到别的地方了。我以还算合理的租金租了下来。买是买不起的，勉强买下来，就没一毛钱购买设备了。而他们是大企业，既然这步棋已经走死，也无所谓赚或赔了。

有了剩余的钱，接下来设备、人员、业务，就轻松多了。

忙活完这些，待松口气，已经是农历九月末。老家已是黄叶遍地，而南国正是江水如蓝。快两年没有回过老家了，和妻弟走在海风吹拂的街道上，我突然发现他也有白发了，只有笑起来时，分明还是那个提着玻璃瓶在河边捉鱼的少年。

三

工厂的主打活路是替水泵和千斤顶厂家加工部件。厂子买不起高精设备，也养不起技术研发人员，只有从事这种科技含量不高的基础加工，利润小，相对竞争也小一些。好在，这些都是使用率极高的日常民用产品，市场稳定。薄中取利，只有规模做得更大、销得更远。

以前，仅是白天生产，随着业务量的扩大，现在也实行了两班倒。每班除去吃饭、午休，工作十二小时，愿意加班的欢迎加班，这是从富士康偷来的方法，谓之自由加班。算下来，有的工人一天工作十五六小时，当然，收入也更高些，最多的一月能挣到五千。

这期间，发生了一次事故，一位工人的拇指被机器截掉了。当时我正在车间巡视，那时候我已经有了自己的小小办公室，但也仅是装门面，每天都在车间转悠。机器声隆隆，电光闪烁。他加工的是水泵的叶轮部件，这个部件工艺要求相对要高，规格和光度要求很苛刻。可能是太疲劳了，他有点儿恍惚。我听见"妈呀"一声，只见他一只手攥住了另一只手，血冒了出来，唰唰滴在工作台上，而那断了的指头，在台上跳动、跳动，像一只受惊的小动物。

我曾在一本记不得名字的书上，读到过一首名叫《断指》的诗，从书中知道，仅在沿海地区，每年因工伤断了的手指有数千之多。今天血淋淋的情景出现在自己眼前，我有点儿紧张，有些不知所措。现代工业诞生于钢铁，也充满了坚硬的铁性。

妻弟临危不乱，立刻组织人把受伤的工人连同那截断指送到了本市最好的医院，手指接起来了，手术非常成功，前后花费两万出头。两个月后，这位工人又回到了厂里。他是湖南人，爱讲笑话，挂在嘴边的一句是："兔子们，虾米们，猪尾巴！不要酱瓜，咸菜太贵啦！"后来听熟了才知道，翻译过来是："同志们，乡民们，注意吧！不要讲话，现在开会啦！"

除了工人素质、技术能力，设备的更新也是工厂运营的主要条件之一，你无力生产的产品，别人可以生产，到处都是等米下锅的制造企业，甚至一些大企业也放下身段，来市场抢活儿。大企业有技术，有先进的生产设备，更重要的是不差钱，有充沛的资金流。为了竞争，只有在设备上下血本。这一年，我增加了两台磨床、两台铣床、一台高速加工中心。当然都是别人淘汰下来的，对于我们来说，已是宝贝中的宝贝。对于加工企业，设备是套牢每个人的绳索。眼看着它步步收紧，而你只能把脖子伸得更长地送上去。

由于增加设备，厂里资金流快要断掉了。新机器的投产运转远比当初想象的要复杂得多，用电的申请，场地的扩大，繁杂的安装、调试，总之烧钱如烧纸。妻弟拿出了他自己掌握的全部家当，共二十万。而他已经半年没有领到一分钱工资了。要命的是，产品交付出去，资金迟迟回不来，但又不能得罪他们，得罪了就断炊了，你不生产，有的是接活儿的人。工厂生产的事全部交给妻弟，我当起了男公关，出门讨账。

说来惭愧，三年里，我对这座城市几乎是陌生的，除了工厂车间，几乎足不出户，生产、杂事已经把我的时间挤占殆尽。而此后半年里，我差不多跑遍了整个城市，还有周边的一些城镇。觥筹交错之间，我看到了鲜衣怒马的人们背后的另一种人生。一个花了三千元最后一分钱没谈回的男人，对着客人走后的一桌狼藉，突然号啕大哭。

山河如画，人生艰辛，满目都是挤挤撞撞的人群。每个人都在被生活押解，步履匆匆，而最后到底去往哪里？没有一个人知道。这是这个遍地流金的时代里的普遍图景。

四

时间倥偬，转瞬就是几年。这个转瞬，当然是指时间意义上的岁月流转，而对于一家在种种夹缝中生存的小微企业，那些风雨，那些悲欣，则十分纠绕、漫长。

这一年，世界发生了很多事，有一些很遥远，有一些十分靠近，就发生在眼前。有些事与我们无关，有些事则十分相关。有一些相关是看不见的，有一些相关实实在在印证在你身上。

随后，制造加工业的竞争更加激烈。世界制造业格局正在发生巨变、转移。印度、越南，那些起步较晚的发展中国家，比我们更有人力成本优势。

我没有读报纸、看电视的时间和习惯，这些是我听到和感受到的一部分。

制造行业要竞争，一定得在设备上更胜人一筹，所谓利人须利器，这是新科技形势下的刚性要求，毕竟不是手工作坊的时代。这些年，生产设备的更新换代，比人的换代更迅猛。八零后、九零后、零零后，人的换代以十年计，而某些产品的更替是以年计、月计的。高精的检测设备和仪器必不可缺。而我此时，已没有能力再去做这些了，眼看着自己的工厂大厦将倾，无能为力。

我算了一笔账。如果我一开始把资金投入到房地产市场，利润早已翻了几番了。和同行们在一块儿吃饭，大家都有些悔不当初。我现在没有车，出去，回来，远的地方打车、坐公交，近的地方就骑一辆松松垮垮的摩托车。

上一年，我的工厂工人增加到五十人，产值七八百万，除去租金、工资，种种明面的、暗中的支出，剩余利润二十万。而银行的利息、朋友们的借款利息高达三十万。算下来，还亏十万。要说利润也有，那就是一堆机器。

有一天，上面来了通知，要求工厂限期搬迁，理由是污染。

我整个人一下傻掉，搬迁！这怎么可能？小家搬迁三年穷，这么大的摊子怎么搬？再说，往哪里搬？如今，在这座城市，哪里不是寸土寸金？

厂房主说："别傻了，谁也扛不住的。地块收回，新的主人用于房地产开发。我们不是亲儿子，房地产才是。"

厂房是租的，除了一堆破铜烂铁，其实我一无所有！政府不能让厂房主吃亏，赔了他几百万，加上这些年我付的租金，他还是赚了个盆满钵满。失误的决策，带来了意外的实实在在的收益，这是他们做梦也没有想到的吧？

我已经四十岁了，身心俱疲。十年，爱人和孩子没有来过这边，我也仅仅是每年春节回一次家。算起来，也就回去了五六次，有些春节是在厂里度过的。来去匆匆，像一阵风。

推掉了所有的订单，收欠款，卖设备。

熬了三个月，机器卖出了一百万，欠款有一些如石沉大海，再也要不回来了，债主有的跑了路，有的比我情况更不堪。还清了所有欠款、利息、各种税费，手上还剩下十五万。家乡有一句吉祥语："出门三十六，回来十八双。"常常用于朋友出门时的送行祝福。而我回来时的积蓄，是出行时的二分之一，好似霸王退到乌江边。也就是说，南地十年，我解决了至少二十人十年的吃饭问题，而从今以后，自己的饭碗却碎了一地。

工人们曲终人散。妻弟回到了自己的家。我把余下的十五万，分给了他六万。离婚是后来的事，什么原因，他不愿对我说，我也无力追问。听说他后来在一家餐馆帮忙，每天顶着半头花发，弓着腰在后厨与大厅间穿梭。

五

小镇的格局，像一只巨大的、被剔光了肉的羊骨架，以主街为脊椎，肋条向两边排开，一根根肋骨就是深深浅浅的巷子，稍不同的是，肋骨之间还有着细细密密的更小的巷子穿插、连接，从街后面高高的寨子峰上往下看，小镇像一个无解的迷宫。小镇上的人，在这个迷宫里迷失了无数年头，醒来，迷去，循环往复。时间是一个无尽的存在，也是一个无尽的不存在。而人群、生活、命运，像一个无尽的梦境。

这就是我的家乡。

到家的那天傍晚，母亲正在院子里忙碌，她点起一炷香，对着远处，为远行的儿子祈祷。我看见烛光映着她的白发，像一抹月色薄薄地铺在夜色上。

用平板电脑写诗的人

陈族用平板电脑写作已经五年了。在此之前，他用什么工具写作，不知道。在此之前，对于我们来说，彼此是遥远陌生的存在。

陈族是一位诗人，不怎么出名的那种，我也不知道他到底写得好不好。但他有一批读者，就是所谓的拥趸、粉丝。拥趸，据说并不是一个新词，这个词对于他很贴切，准确又内容无限。陈族和各地粉丝之间联系得很紧密，诗歌是一个纽带，也是一个江湖，这个江湖有很多的门派，各有各的地盘，这地盘当然有虚拟的成分，但又是某种真实的存在，它以信息加地理的形式存在着。

写诗，真是一份沽名钓誉的事业，没有多少实际意义。听陈族自己说，写了十多年，除了一堆获奖证书和奖杯，没挣过什么钱。但他乐此不疲，我猜想他最大的动力来源，大概就是那群粉丝，所谓士为知己者死。诗歌从来就是知音文化。这个世界上人的行为、人的活法，无数行与止的理由，似乎都有道理，又没什么道理。

平板电脑除了携带方便，功能与台式机或笔记本没多大区别，但在陈族身上，它们的区别就是天上与地下的区别——陈族不会拼音打字。其实也不是完全不会拼音打字，陈族曾经练习过一段时间，效率最好时，一晚上也能打出五百多字，这五百字，如果一键一键回车下来，就是两首诗。对于陈族来说，这太累了，开始是找不着键，后来就找不着灵感了。键盘上毫无章法的字母组合，让他的两手和大脑疲于奔命。

一

陈族使用的第一个平板电脑是联想牌的，时间要追溯到二〇一三年。那时候联想在电脑制造业的江湖上鹤立鸡群，陈族没有道理不跟随大众消费的风向，虽然那时候他的经济水平离这个大众队伍尚远，或者说才望见门槛。那时候，他在商州城打工，在高耸入云的楼宇下，一趟一趟地拉架子车，把砖和水泥浆送到塔吊的升降斗里。那时候，他二十七八岁，有些纤弱清秀，还没有女朋友。陈族的老家在湖北襄阳，历史上出过许多故事和人物，有些厚重。第一次相见，陈族说自己是樊城人，他把襄阳说成樊城，是不是有些沾地理和历史光彩的意思？历史上，樊城比襄阳的名气大得多。

我那时候是大工，懂一点儿图纸，懂一点儿施工的技术路数。我的工资是陈族的两倍，当然用心也是他的两倍。用心不到就要返工，返工的损失要从工资里扣除，不够扣除的要用下一月的劳动来抵销，当然这种情况十年少有一遇，所以没办法不认真。我在上铺翻图纸、记数据的时间，他在下铺写诗。十英寸的联想平板屏幕一闪一闪，一行一行文字在他指头下跳跃、诞生。有时候我熬到更晚，有时候他熬到更晚，有时候我们一同呼呼睡去。但无论多么晚，商州城依旧在窗外流光溢彩，似乎它从来没有睡着过。我常常觉得现代城市真是一个奇妙的存在，那种巨大的力量，颠覆了很多古老的秩序，不知道它将会把人带到哪里。

这是一只珍珠色外表的平板电脑，色泽十分莹润，外面套一只黑色皮套，黑白相间，说不出的匹配。他打开放在枕头上，我从上铺床和墙之间的缝隙看下去，它像一只睥睨的眼睛。陈族视之如命，他没有办法不视之如命，它的售价一千八百元，并且记录着他的熬血人生与电光石火般的灵感。有一天，我开玩笑说："把你这些年写的诗歌都删了，我给你五千元。"他像被人打了耳光一样生气："除非你把我杀了。"

我不知道陈族投不投稿，反正很少见他发表。有时候无聊逛街，他也会买几本杂志，《人民文学》《十月》《延河》这些。这些纯文学杂志在大一些的城市早已经萎缩到图书馆和新潮书店的角落里，但商州城出了贾平凹，他成为人们出人头地的标杆，文学的氛围因实用而存在。但陈族与当地的文人雅士们少有交集，他像一个独行大侠，在自己的世界里和他认为的对手交流或较劲。

商州城很古老，也很年轻。古老，是说它的历史，历史不仅仅是时间的叠加，它有无尽的气色，以及无尽的沉淀。沉淀到今天，不仅是眼前的山水、物事，还有人骨头里的气格、心胸、生活的态度。这是一个缓慢得有些沉默的地方，充满了落日的暮气。但时代像一阵风，沿312国道翻山越岭而至，一夜之间，宁静被打破，高楼和道路如雨后春笋在丹江两岸冒出来。这就是一方水土焕发的青春。它似乎是被动的，又是凶猛的，不容商量。

我说："陈族，扎下根来，这里的活儿够你干一辈子，娶个当地姑娘，把家安了，到哪里也是讨一辈子生活。"我不知道是不是我长辈式的衷肠起了作用，陈族踏实地每天两点一线。从东龙山到沙河，从二〇一三年到二〇一六年，一栋栋楼盘和一座座高架桥在我们日出日落的轮转中拔地而起。与这些相对应的是，诗歌在那张屏幕上更加急迫地行云布雨，仿佛是挣扎，也仿佛为了某种对抗。

二

陈族恋爱了。姑娘老家在邻县的乡下，她在这个城市叫北新街的菜市场卖豆腐干。姑娘的家乡出豆腐干，外褐里白，不堪的外表下有月色的内质，据说工艺已有三百年历史。陈族给我带过几片，美味异常。

姑娘姓张，是他的粉丝。当粉丝与偶像相遇，一般都会产生一点儿热烈、一些故事。那一天，陈族去市场购物，买了二斤西红柿之后，他打算再买些豆干什么的。在微信付款时，姑娘突然盯着陈族的手机界面看，说："我知道你！"陈族一愣。姑娘接着说："你是诗人，我经常在你的博客读你的诗。"

接下来的一切都顺理成章，水到渠成。

姑娘像经营豆干一样经营着陈族，她希望他成为老井、郑小琼一样的民间诗人。那时候打工文学风生水起，涌现出了数不清的农民工作家、诗人，人称"底层文学新象"，后来甚至出了一部反映他们命运生活的纪录电影——《我的诗篇》。在商州，这部电影被文学粉丝们发起两场影院众筹观影，小张即是其中一个。

小张十九岁，高中毕业才一年，她家里再无力供她上学，一同读书的姐妹们都去了南方，她留在了老家，原因是家里只有她一个孩子。她面容姣好，有一颗虎牙。长虎牙的人不多，只长一颗虎牙的人更少，小张特别容易被人从人群里认出来并记住。

小张隔三岔五给陈族送来吃的，一包榨菜、几颗煮熟的鸡蛋、一盒饺子、老家新摘的山杏……她千方百计地从网络上搜集各类征文信息，自作主张地替他投稿、参赛。

荆襄之地的襄阳距商州其实并不遥远，交通发达的今天，大巴只有七八个小时的车程，但两地现实面目上的差异很大。"怎么形容呢？那是一条水洗牛仔与老式棉裤的差别。"从小张老家回来，他对我这样形容他的感受。

我说："那说明襄阳也不咋样嘛，我还以为它至少是件旗袍呢。"陈族说："我更喜欢小张的老家，那是个出产诗歌的地方。"

第一次见到未来的女婿，小张的父母和众邻居表现出莫大的不屑。那天，陈族穿一条牛仔裤，头发齐额，拿着手机山前水后地拍照，对地理风物的兴趣远远大过对人的兴趣，表现出一副山外来客的兴奋。到吃饭的时候，家里人喊半天也找不到他。他被一条大河迷住了，这是商洛唯一一条流入黄河的大河，它叫洛水。

"小张家里来了满满一桌亲朋好友，满满一桌饭菜，和他们的方言一样，一股说不出的丰饶味道。它饱含了这片土地的历史、风情、民生、幽微之灵。"陈族夸张地对我讲。

不久，陈族的一组诗，在全国性的征文大赛中获得二等奖，奖金一万元。诗的内容关于小张老家的人和畜。收到奖金那一夜，我们几位要好的朋友和远方赶来的诗友、粉丝们，在一家饭店大醉一场。那一夜，陈族也像收获小张家乡的山水、历史一样，收获了小张。尤其是后者，那是他三十年人生里的第一笔收获，一场丰美的收成。

三

陈族辞掉了工作，他要做自由撰稿人，他认为自己的翅膀已经坚硬，可以自由飞翔了。我怎么劝，也没有用。事情如此，也有另一重因由，这个城市的某主政官员落马了，这里很多开发项目都与他有着说不清的瓜葛，他的落马引发了连锁反应，老板们有的撤资了，有的跑路了。陈族深受其害，三个月的工资泡了汤。这个时候陈族早已跻身技术大工的队列，最好的时候工资月结七千。倒霉的是，这三个月正好就是那最好的时候。

陈族的联想平板电脑已使用到第四个年头，周身掉漆，露出塑料的质地，黑色的皮套已起不到保护、美化的作用，毛糙的边缘使它更显破败。更要命的是，它变得日益卡顿，经常使一腔灵思在等待中化为乌有。在这个楚头秦尾之地，他已打拼了三个年头，加上稿费奖金，已有了一笔小小的积蓄，他没有理由不扔掉老平板，换一台新平板电脑。这一次换上的是荣耀畅玩2，八英寸，依然白底黑套的标配。

陈族在靠近东龙山的城市边缘租了一间二十平方米的房子，房子的主人去了西安居住，他成了这个居室的临时主人。东龙山的景色无限美好，远远可以听见金钟寺每天的晨钟暮鼓。不美好的是房子过于阴暗，白天也要开灯。房主代收电费，每度一元，远远高于居民用电价格。好在菜由小张的菜摊每天提供，而且丰富。

那个炎热的夏季，陈族用几块砖把从工地捡回来的一块模板支起来，铺上报纸，打开平板电脑，开始了他汗流浃背的撰稿生活。

写了两个月，写了十几组，但投出去几乎颗粒无收。经过深刻的分析、比对，他发现是自己的作品太过于曲高和寡。他发现，真正的一流诗歌永远是民间的、沉默的，只有那些二流的媚世的作品才在主流刊物上大行其道。在此之前，在十几年的写作里，他从未做过这样仔细的研究。当明白了这一切，他变得无比痛苦和沮丧。

这个时候，我到了另一个城市，不再对各种材料动手动脚，做了技术监理。陈族的生活与我日益遥远，仅仅是无聊时通通电话，而通话的内容相比每天面临的生活，似乎可有可无。

有一次，他电话里告诉我，必须开始另一种实用的生活来养育诗歌，不然生活和诗歌都会死掉。我问是什么生活呢？他说正在寻找。

我想，我的义务是催促他像对待诗歌一样善待小张，给她一个好的归宿。这是一个好姑娘。但哪怕是在偶尔的电话里，我也会常常听到他们的争吵声，那是一把刀在一朵花上摩擦的声音。

不久的后来，我接到小张的电话，她说她处理掉了菜摊，要回乡下去了。那语气异常平静，仿佛告诉我，天又凉了。

再后来，陈族告诉我，他与人合伙贩柿饼，赔光了老本，房子已经退掉了。我知道，商洛产一种叫大荆的柿饼，经过按压和闷藏，圆平、精巧，上面生一种薄薄粉白，仿佛一层霜迹。一直以来，它的销路非常好。当然，所有投资都隐藏风险。

四

陈族到了兰州，还干他的本行，搬砖。在抛洒汗水如疾雨的中年大叔中间，他偏瘦的体格已没有竞争的优势。作为终年在场的人，我知道这个行业用人的新规则、新态势。包工头们更喜欢那些上有老下有小，被生活逼到悬崖边的中年群体。

兰州，在当代诗歌的版图上是一个重镇，因为地域的因素，因为文化的原因，因为阔天远地与民俗民生，这里诞生出的诗歌一直有着别样的力量与地位。但在那里，陈族并没有融入他们的群体之中。他说，这需要时间，更需要自己独立的让人信任的作品。

电话中陈族告诉我，他工作的地方在黄河大桥附近。兰州市里有几座黄河大桥，在哪座大桥附近？我一时猜不到，那是一个对我来说十分陌生的城市。我仅仅知道那里千百年来兵家争斗、血雨腥风。

下面的故事，是我根据我和陈族断断续续的通话内容还原的，我把它们串联起来，仿佛一部一个个片段串成的纪录电影。

内容或与事实有些出入，但相信出入不大。因为相同的生活放在哪里也是大同小异的，而不同的生活，哪怕放在同一屋檐下，也会表现出千差万别。

"北风卷地白草折，胡天八月即飞雪。忽如一夜春风来，千树万树梨花开。"这首著名的有点儿浪漫味道的边塞诗，写的不是兰州更似兰州。二〇一七年，兰州的冬天来得要比往年快一拍。虽有雪花纷纷，但气温还在零度以上，并不太冷，黄河浩荡奔流，不舍昼夜，建筑工期也不舍昼夜。因为一旦停工，只有待来年春天开工了。

陈族干活儿的这栋楼，是一栋投资数亿的建筑，几个亿？不清楚，但活儿干久了，从它的体量规模上可以有个大致的判断，总之一句，很牛。老板来工地视察工程进度，带着保镖。工程已上到三十层，塔吊上的人像一只麻雀，随塔体的晃动一闪一闪，红色的影子，可以判断是一位女工，灰色的影子则是男人。

西北气候异常干燥，陈族的手和嘴唇都裂了口子，嗓子也仿佛裂了口子，咳一声，那口子就合拢一下，再咳，再合拢。但这时已退无可退，进工队时说得很清楚，放假时付工资，不满一月不结。这也是建筑用工的潜规则，它比白纸黑字的劳动合同更通行、管用。

有一天，陈族感觉到喉咙里的痰有一丝咸味，他把它吐在了砖头上，发现那痰是红的，不是全红，是一团红丝夹在一团液体里面，他用指头尖撮了一下，指头肚上留下一点儿红，是血！他再不敢吐痰了，一点点咽了下去。

下班后，陈族找到胡同深处的一个小诊所，才毕业的实习医生替父亲值班。他告诉陈族，有两个可能：一是咳嗽引起气管小血管破裂，二是癌。陈族有些愣，继而又释然了：如果是前者，没事；如果是后者，有事又有什么用呢，也等于没事。

五

我赶到兰州时，小张也到了。原来她比我更清楚陈族的住处。她有些胖了，小虎牙拔掉了，嵌了一颗瓷牙，与一排天生的真牙有些不和谐。她有了一个半岁的女儿，正好丈夫也姓陈，取名叫陈诗。

一个绝冷的早晨，快下班时，一块砖头从十楼上落下来，搬走了陈族余下的青春。

陈族的亲人们谈判的谈判，哭泣的哭泣，还没来得及收拾陈族的遗物。一间十平方米的彩钢建筑隔成的单间，一床一凳使它显得有些宽敞。平板电脑在床头的枕头边，依然开着，电量即将耗尽。

我有些好奇，点进了 WPS Office 应用。这是我第一次点开别人的电子设备。对于这台设备而言，无疑也将是最后一次被点开。

其中一首诗——《布达拉宫》：

我曾无数次抵达布达拉宫

在夜晚　借一片雪花起程

那么多的朝圣者

他们用肉身丈量尘世到天堂的路

我是其中一个　用白卷和青灯

每上一级台阶

我就死一次

每伏一下身

复活一次

白雪覆盖的山巅　多么高

它清白的光芒

修正

安详与宁静

北京的秋天

我曾在北京稀稀疏疏地生活过两年时间，在顺义区李天路，在朝阳区管庄至金盏乡温榆河的漫长城郊线上，度过了两个秋天。对于一个已入中年的生命来说，这也是时间与命运的双重刻痕。

一

二〇一五年夏天的某个下午，天气异常燥热，我百无聊赖地坐在老家门前的核桃树下纳凉。这是一棵衰老的核桃树，已多年很少结果，但枝叶在夏季里依然茂盛。头顶的树杈上有一只蝉，它叫一阵，停一阵，毫无规律地停停歇歇。这时，突然接到来自北京的陌生电话，电话那头是一位姑娘，在确认了身份后，她告诉我，她们团队受四川卫视之托，将制作一档大型诗歌文化节目，邀请我参与创作录制，有酬。

半个月前，在西安交大一附院，我刚接受了颈椎手术。十六年的矿山爆破生涯，漂泊、爆破、机器、潮湿、地热与寒冷，像一只奔跑的容器。金属矿石经过我的手，水一样漫出洞口，漫向大工业时代，没想到它们其中的某块，在炼石成钢后又折返回来，以精致的合金形式给我以回报。此时，我戴着颈托，疼痛沉重，希望与绝望游走于身体的每一个晨昏。孩子在镇中学读书，爱人每天在庄稼林里忙碌，家庭的收入戛然而止，除了接受邀请，我还能干什么呢？虽然面对的将是一个巨大、陌生得让人害怕的城市与题目。

节目正式录制时，已经是庄稼遍熟的深秋时节，我到北京那天，是农历九月十八。

如果以长安街为中心，顺义区李天路离北京中心还很远，这里是靠近首都机场的城郊。所有的参赛选手都被安排住在这里的一家宾馆里，这里成为此后我们一群人生活、进出的大本营。以后去往录制节目现场时，无数次经过最近的某个公交站，无数次看到匆匆进出的人流、车辆，聚合离分。北京的秋天显然比商洛山在色谱上深一度。马路边长长的两排杨树，叶子正在赶赴深黄，有风无风，都会落下一阵子。北京的底色是灰蒙蒙的，天地一色，甚至包括人群和建筑，而金黄的杨树，为它们添上了一抹亮色。

节目的内容是诗人创作诗歌，由搭档的歌手谱曲演唱，同台竞演，优胜末汰。每期六组，加上一个闯播组，也就是七组人马竞秀。我的搭档是上海人，他早已成名演唱江湖。

生活、经历、审美与文化的巨大差异，使我和他很难合作融洽，但是已经成为一组搭档，便不容更改。节目组的意思也是希望我们两个种种迥异的人，交流、碰撞、撕裂、融合，产生出不一样的火花。他们知道，这是观众希望看到的。

节目组为了照顾我的归途遥远，让我住在宾馆里创作，而别的人，每星期一场竞演结束，或胜或汰，都各奔东西了，直到下一场竞演开始，才会归来。而下一期的对手与闯播选手更具名头与实力。

这是一个苦闷的深秋，除了苦闷于永远无法满意的创作，更苦闷于孤独。虽然我已有近二十年的诗歌创作经验，对于适合谱曲和演唱的诗歌形式与内容却是陌生的，这是一个新的、巨大的挑战。更重要的是，每首作品只能成功，不能失败，没有半点儿从头再来的余地。毕竟是比赛，谁也不愿被比下去。

我开始了广泛地聆听，从美声到摇滚，从京剧到昆曲，汪峰、杨宏基、于魁智、董湘昆，一首一首地听。总之，每创作出一首诗歌，都要听一百多首歌曲与戏曲，希望从中找到启示与灵感，希望在竞演中给人以惊艳。后来证明，这仅是我个人的设想，个人的一厢情愿。因为谱什么样的曲，什么样的演唱形式，决定权在另一个人身上。

我的搭档很忙，在他经纪人的策划安排下，全国各地飞，一场演出接着一场。我们无法见面和交流，他不是在飞机上，就是在演唱会上。有时候到了录音棚开录，他还迟迟赶不到。我像在进行一场永远找不到答案的单独应试。

秋天越来越深了，每天早晨，杨树叶子在地上都是密密一层。翻过燕山长城的北风吹过来，驱赶着它们。飞驰的车轮从它们身上轧过，它们像浪一样荡起落下，又依然完好，汽车产生巨大的风速，仅仅使它们分开又合拢。每天清洁工的扫帚把它们归拢、堆积起来，拉走。

我习惯一个人在宾馆外的马路上走。长长的沥青道路，大部分时间空寂无人。不知它们哪里来，哪里终，感觉它们永无尽头。我知道，它们通向繁华，也通向衰落，通向过去，也通向未知的明日。真是奇怪，节目中我所有的诗歌竟都是秋天的主题，秋天的孤独，秋天的哀愁，命运在秋天的来路与去处。

我经历过长白山的秋天，喀什叶尔羌河流的秋天，北漠包头的秋天，唯独对北京的秋天记忆最深，也常常被它震撼。北京的秋天是宏大的，有一种无法说出的气象，它宏大到无边无际，小到河边的一株草，大到天上的云，它们是浑然的、同步的，那么纯粹，又似乎独立于时间之外，充满了无形的力道，像一驾古老的马车，从天边碾轧过来。它与这片土地数千年金戈铁马的沧桑同色调、同重量，也同速度。总是让人感觉它的色彩、它的命运，就是整个北方的历史与命运。北京的秋天几乎没有雨，每天都是晴天，没有霾的时候，天空也蓝得通透。

我喜欢北京的落日，在远远的天边，它慢慢向北方的山尖落下去，那余晖异常纯洌，比它在东方升起时要壮烈得多。它们落下去了，把一缕缕余焰留存在云彩的边上。这块土地上，多少历史云烟，多少王朝与梦想曾经如此不甘地谢幕过？

我与一群来自天南地北的诗人，从秋天一直竞演到冬季结束。他们的名字和身世我差不多都忘了，像我写下的那十四首歌词。

他们大概也一样。

二

在巨大的北京，皮村是个小到可以忽略不计的小村子。

我至今弄不清这里到底有多少人，多少原住人口，多少外来者。低矮的建筑，拥挤的街巷，奔跑的狗，土色的人流，让它更像一个村庄。它只有一条主街道，人流如织，最热闹的是下午七点以后，从四面八方下班的人们回来了。

皮村的上空每隔两分钟就有一架飞机飞过，巨大的机翼在地上投下影子。发动机的轰鸣声贯穿双耳，夜半更深，常常把人从梦里唤醒。

皮村工友之家，就在主街背后一个租来的大杂院里。

机构的人来自天南地北，这是一个奇异的群体，这是一群热血的人，成立了打工文化博物馆、农民工子弟学校、工人文学创作小组、社区工会、公益商店。每个人拿着低微的工资，忙忙碌碌。这里更像一个传说中的乌托邦。

结束了电视台的节目录制，我就来到了这里，做了北漂一族。

开始的时候，我跟随货车去北京城各个捐赠点，收集捐赠来的衣服与各种日用品。在大半个北京城的机关、学校、企业、商场门口，都有一个红皮的捐赠箱。我们每天把它们打开，清理，锁上。第二天又是满满当当。收来的衣物、杂物，经过分级整理，一部分在公益商店里以极低的价钱出售，卖给需要的人，换取机构的运转经费与工人工资，另一部分捐往边远的山区和非洲。分拣衣服的女工说，东北人爱花花绿绿，西北人爱灰灰土土，非洲人爱宽袍大袖。

这个工作一直干到二〇一六年的秋天。

秋天，我到了工友之家工会。所谓工会，也就三四个人，没有办公室，开会和工作就在集体宿舍。工会的工作主要是组织周围的农民工们看电影，组织文艺演出，工人生活调研，业余娱乐等。所有工作都是无偿的，活动都是免费的，在硬邦邦的现实中，颇具理想色彩。

整整一个八月，我们都在做工厂工人生活调研。

如果不是走街串巷地调研，谁也不会想到，在这片看似不大的村庄里，竟有近千家小商品加工作坊。它们像一滴滴水，隐匿在波澜不惊的大海里。这些来自五湖四海的打工者，白天隐匿于工作台与机器的轰鸣里，晚上隐匿于夜色和宿舍，仿佛看不见的影子。他们向这座巨无霸城市提供着家具、玩具、装饰品、广告牌、游乐场的设备……

二〇一六年，皮村的秋天是燥热的，燥热得像温榆河的流水，没有一丝波澜。

李小毛的老家在河南开封。他二十八岁，来北京三年了。我们见到他的那个下午，他穿着一条印着复杂图案的大裤衩，光着上身，坐在院子一角纳凉。汗滴把他脖子上的那块塑料吊坠也打湿了。他有一下巴好看的小胡子，受伤的手上套着纱卷，像戴着一只拳击手套。

他的左手大拇指被机器切掉了，两个月来，在养伤和等待老板赔偿中度过每一天。他说他十六岁就出门了，到过温州，到过福建，后来一个人跑到北京，先在工地和水泥沙子，后来经人介绍，就到了皮村的一家家具厂。这也是这个时代无数乡村青年的人生轨迹，大同小异而已。一个时代有一个时代的生存图景，在异常驳杂的器乐声里，他们显得异常不起眼。

李小毛工作的家具厂主要生产高档床具，他的工作是做床头雕艺。他说他原来在温州做过铁艺，两者相通，他做得很拿手。我想起在家具车间见到过的场景：一块块木板，经过截、凿、雕、刨、磨、上光、上色，拼组在一块儿，组成一件绝妙的物件。最后会被摆放在怎样的深堂豪宅？

李小毛二〇一五年结婚，他的爱人是位四川成都姑娘，具体地说，是他的下手。一些材料由他开始，到姑娘结束，美不可言的一件艺术品在两双手上完成了生产和传递。

为了不辜负心爱的姑娘，为了让朋友们见证爱情的幸福，新婚之夜，李小毛向老板借了一张豪华大床。他说，这张床头他做得分外用心，那个晚上摆在十几平方米的出租房里，真是熠熠生辉！

那一夜，他们没敢在这张床上度过一生中最重要的时刻，打了地铺，天不亮就赶紧给厂里拉了回去。我后来写过一组关于皮村的诗，其中《新婚记》记录的就是他们：

对于北方

中秋已是深秋

对于河南籍木工王良木

中秋是命运的春分

今天　他结婚了

新娘子来自四川

准确地说来自流水线末端

一件件实木　从王良木开始

到张小芹完成

好夫妻难为无床的爱情

王良木精打细磨的棱角

张小芹昼夜绘画的春江图

成为这个城市多少人的云庄所在

菜过五味　酒过三巡

月亮从东边升起来了

庆贺的人陆续离开

新房崭新　新床光明

一对新人在西窗明月下

显得有些陈旧

北京有风

朝阳路车水马龙

一对新人在墙角地板上开始了新生活

一张新床悄悄出门

天亮之前它必须返回

木器厂的展厅

　　小毛的爱人下班了，给我们端上了果盘。苹果和鸭梨削切得和她一样小巧、精致。

　　从院子出来，太阳正在落山，秋天山高水长。夕阳的余光把通往温榆河的一行银杏树齐刷刷地统一了颜色。

一位青年的球状生活

　　六月十四日，二〇一八年俄罗斯世界杯战火点燃，来自这颗星球的三十二支球队、不计其数的球迷、如痴似癫的购彩者再次上演着各自的狂欢。然而，足球是圆的，它的运行轨迹波诡云谲，充满了无限变数。它伴随着球员的奔跑与呐喊，在球场上飞舞、兜转，看尽荣光和黯淡，恰似那些购彩者悲欢歌哭的命运，多少风云，多少沉浮。

　　现在是清晨六点，宿舍窗外下着瓢泼大雨，闪电一波赶着一波。整个城市仿佛要在水里风里飘摇起来。昨晚睡得太晚，还没从德国队失败的阴影里缓过神来，我有些恹恹无力。群里正讨论得如火如荼，有个人投错了注，一夜赔了三百万，跳了楼，不知是真是假？我不禁想起了二〇一六年北京管庄那个流火连天的八月，想起我的朋友大村。此刻，他是不是正撑着沉重的身子骑一辆单车，从江阴某个建筑工地驶向一张临时的床铺？

一

北京市朝阳区管庄路宜家公寓 2027 号是一间不足二十平方米的居室，但生活设施一应俱全，一张上下铺架子床、一只衣柜、一只单人沙发、一张电脑桌、一台洗衣机，有洗手间、厨炊用品。被遮挡得晦暗不明的窗户，用来偶尔透透气。在这个起床穿衣都难以腾挪身体的屋子，我和大村从二○一六年的年头住到年尾。

我和大村相识于二○一五年冬天。那一年，他三十一岁，近一米八的个头儿，壮实，戴眼镜，长发，声音浑厚低沉，一身艺术青年的味道。他毕业于上海某艺校摄影专业。其时，作为某部纪录片的导演与摄影的双重助理，他扛一台摄像机天天在一家临终关怀医院与租住的居室间穿梭。

这一年冬天，我参加了一家电视台的一档文化类节目，我写歌词，搭档的歌手谱曲演唱，与一对对竞赛对手同台厮杀。我和搭档一路过关斩将，笑到了最后，虽然没有获得终极大奖，但我那一首首有些沧桑况味的歌词赢得了一片肯定赞赏。我以为，凭着一支笔可以从此在北京城站稳脚跟，闯出一番事业了。也更因为，二○一五年春我经历了颈椎手术，又加上多年矿山工作，机器、爆破的震荡，听力严重受损，再也不能从事矿山爆破工作了。人到中年不得不重新选择，开始另一场生活。我遇见了大村，也说不上什么缘分。北京的房租与雾霾一样甚嚣尘上，十几平方米的公寓每月两千七百元，水电费另算。

大村的单位总部在上海，是一家拍摄制作纪录片的公司，对贾樟柯、侯孝贤、李安的趣闻轶事大村张口就来，他的工作让我十分羡慕和向往。他们正在拍摄一部有关临终关怀的片子，主要拍摄人物是邻近管庄路的一家临终关怀医院的一位藏族奶奶。这是一位一生充满传奇的女性，她十七岁由林芝出发，穿越五十年命运和时代风雨，现在正静候人生的夕阳落幕。

大村住在这里，有点儿"驻京办"的意思。纪录片是慢工细活儿，它没有剧本，甚至没有导演，内容的丰富和艺术的张力需要通过主人公生活中的偶然事件来延展、加持。纪录，是艺术的根本，也是终极宗旨。他还有一个任务，负责与影院方面的各种对接，在此之前，他们公司制作了两部片子，在民间广受好评。他们公司发明了一种点映观影的新兴影院形式，类似于平台点歌，颇获影迷们喜欢。

大村的老家在江苏江阴，那是个出产鱼米和人物的地方，而我的家乡只出产黄土与土豆，好在饮食和生活习惯的差异在两个以谋生为圭臬的人身上可以忽略不计。他每月由公司提供生活费，我跟着沾沾光，无事可做的时候也跟着他扛着器材，去拍摄藏族奶奶的生活。耳濡目染，我学会了一点儿摄影技巧，两年之后，它成了我另一份工作中的技能之一。

二

二〇一六年，北京的夏天异常酷热。从地理上看，燕山、西太行把北京围成了一口巨锅。它们阻挡了历史上北方的无数金戈铁马，也阻挡了风雨的流动。暑热肆虐，从夏天向着秋天无限延伸。

一场更加燥热的风穿越大半个地球而来——二〇一六年八月五日，巴西里约热内卢奥运会开幕了。

这家临终关怀医院叫松鹤堂，一个寄托着美好愿望的名字。医院收治了近百位走近夕阳的老人，有二十多名服务员工。来自西北敦煌的玲玲毕业于武汉某不知名的大学。她年轻、活泼、美好，个头儿高挑，还是一位野外摩托车爱好者。没事的时候，她骑一辆川崎200，在通往凤凰岭的山道上飞扬，那身手俨然一位刀客。她负责整个医院的文字编辑工作。大村除了拍摄藏族奶奶的饮食起居，还拍玲玲的生活。在我看来，他用镜头把玲玲描述得比奶奶丰富细腻多了。每晚醒来，我都看见他趴在电脑前，一遍一遍地剪辑有关玲玲的素材。电脑屏幕的光亮映在他的镜片上，勾画出的轮廓有些梦幻。

大村不止一次对我说到过他家的情况，三间老房子在城乡接合部，如果没有机会被征迁动拆，就永远不值钱。当然，拆迁了，也许更不值钱。虽然钱多钱少由开发者决定，但他们一家还是希望有一天房子被征拆掉。大村的父亲曾做过二十年村干部，因为超生就自动退下来。作为家庭续传香火的男丁，父母和出嫁的姐姐都很着急，毕竟三十二岁的人放到哪儿也是大龄青年了。

大村也很着急，他的着急并非完全因为父母和姐姐的着急。他因为玲玲急上加急，毕竟美好的爱情也是需要经济基础的，虽然还在单相思阶段。

突然有一天，我发现我们的好日子走到了尽头，我们再也吃不起饭馆了。而在此之前，大村带着我吃遍了管庄附近的饭馆，重庆小面、兰州拉面、肉丝盖饭，隔三岔五一顿肯德基或烧烤。而某一天，他整个人陷在沙发里，迟迟也不肯出去吃饭。大村沉迷上了彩票，一夜花光了卡里的所有钱。我以为他整夜整夜在剪辑素材，原来不尽是。

清洗干净布满灰尘锈迹的锅碗瓢盆，我买来了面条和白菜，我们开始告别饭店。从那天到离开宜家公寓，我们的肠胃再也没有离开过自做的三餐。

三

大村似乎越陷越深了，常常盯着屏幕，整夜不睡，拍摄的事也渐渐松弛下来，每天一脸晦气。而我像面对一个溺水的人，眼看着他挣扎、呛水、没顶，却无能为力。我唯一能做的是，尽可能地善待每一块钱，使它们在一日三餐的刀刃上发挥效用。在菜市场、在超市生活区，我认真地比对每一棵白菜、每一斤土豆、每一斤茄子的价格。

还有一点能做的是，帮大村分析球势甚至缥缈虚无的球运。本来对足球毫无兴趣的我，越来越像一个专家，从球队的历史胜败、现在球员的个人能力、球队的配合度，到他们面对的敌手，甚至气候的适应、休息的间隔时间，等等。在草稿纸上一遍遍地画图、推演，想象一个个微小细节，在网络上一遍遍查找那些有关球队前世今生的文字资料和视频。

我清楚地记得，二〇一六年八月八日，北京下了一场小雨，沉闷的天气稍添凉意。早上六点，是瑞典对阵尼日利亚的比赛，按照我们对各项数据的分析，瑞典无疑将碾压尼日利亚。不幸的是大村已没有一分钱用来投注了。无奈之下，他想到了我，我想到了一位远在黑龙江的网友，那是一位认识不久的写诗歌的女人。我已不可能向家里伸手了，孩子在县城租房读高中，他妈妈陪读，我知道他们在一棵白菜上的用心要比我投入十倍。大半年过去，我生存艰难，没有给他们寄过一分钱。我壮着胆给女诗人发了条借两千元钱的消息，没想到十分钟后钱就打过来了。

这一注，我们投错了，尼日利亚1：0击败瑞典。立即，白菜煮面条也没有了。

我感冒了，咳嗽声不离口，没有一分钱，只有硬扛着。咳嗽像一场身体里的活塞运动，把我一次次从床上震荡起来，以致架子床不停地发出要散架的声响，隔壁的人以为这边发生了什么情况，不停地捶墙提醒我们安静。

如果购彩是一场射门运动，只要有足够的机会，再臭的脚也能射中一回。八月十三日，周六，美国女足对阵瑞典女足，大村终于扬眉吐气了一次，这一次，1：1，投对了，一下赢了一万。本钱来自大村高中同学的支持。那位一年四季漂洋过海的同学，在某船运公司做水手，几年下来有了不小的积蓄，娶了韩国美女做老婆。大村借钱的承诺是：如果北京生意做失败了，将来扛起摄像机去拍他浪尖上的生活，做一部惊世的电影。

我们在一家大排档认真安慰了久旱的肠胃一顿，点了啤酒，要了龙虾和河蚌。这是我第一次吃到海鲜，也是到目前为止的最后一次。酒足饭饱后，我们扛起机器向松鹤堂出发，一改往日的步行，打了快车。当我们到了地方时，才知道玲玲已离开了医院，回到了她遥远的大西北。从此，大村与她好像再也没有联系，因为再也联系不上了。

四

时间过得真快也真慢。到奥运会结束时，大村外欠了十一万，这还不算他的工资和节省下来的生活费，总共加起来，他说有十五万。对于我们来说，这是一个天文数字。幸亏大村家里还不知道这件事。公司也以为北京方面一切如常，每月按时打过来经费，使他不致停摆。

二〇一六年九月，我搬到了朝阳金盏乡皮村一家公益机构做义工。大都市的理想生活已告破灭，而公益是我喜欢的。每天面对的同事和来往人群，每天的工作和生活内容，是我曾经无数次经历和面对过的，对我来说，无非是换了种形式回来。只有需要洗澡、洗衣服时，我才回到 2027 号。

某一天，刚起床，接到大村电话，要我赶快过去，有急事。推开门，屋里昏黑一片，大村整个人陷在沙发里。我问怎么了，问了几声，没有回答，最后他回答一句："活不成了。"

大村已经两天没有吃饭了，我赶快去买了泡面，吃过三包泡面后，他举着身份证，要我为他拍照片。我知道他要网贷，那时候还不知道网贷的陷阱有多深，再者，除了网贷，也实在无计可施了，欠三朋四友不少钱，总要让人家也活命吧。我不知道他给网贷公司留了我的电话号码，把我作为紧急联系人，到现在这些公司还经常打电话过来，有要起诉的，有要抓人的，有要把我列入黑名单的，让我苦笑无计。

如果有所谓的最深记忆，大村在靠近三里屯一家医院的那晚留给我的记忆，无疑是最深的一次。

二〇一六年十一月八日，天气有些寒冷。北风终于推开燕山的阻隔，在华北大地上浩荡。朝阳区的任何一条街道上，梧桐们都落光了叶子，一排排银杏树像镀了金箔一样，一阵风吹过，纷飞的金黄落满一地。北京的初冬也是金黄的，不仅仅是外表，它的内里也是。

大村是深夜犯病的，肾结石。我赶到医院时，在等候区的塑料椅子上，他已被汗水浸透了毛衣，豆大的汗粒接二连三地从脸上的毛孔里涌出来。他双眼紧闭，头发蓬乱，像一个溺水的人。我翻遍口袋，还剩下不到三百元，他身上只有十七块钱，而Ｂ超检查费要二百七十元。我一遍遍和窗口值班大夫沟通，企图有一个心肠温软的人能答应医后付款。我拿出我们两张身份证做抵押保证，但没有什么用。

医生告诉我们，没有钱，可以等，这个病如果运气好的话，可以等过去。他说这很明显是肾结石，两块石头在某个地方卡住了，只要它们在运动中错开了，或者排下来了，疼就过去了。

大村没有那么好的运气，或者说好运气已被他用光了。他已经不是第一次因肾结石引发疼痛了，仅当年就发作过两次。这一夜，一阵又一阵急涛大浪似的疼痛几乎要将他碾碎，他在地上疼得打滚儿，有一阵差点儿休克过去。打遍了求助电话，天快亮时，他的公司终于打来了一万元钱，为他进行了手术。

大村总共网贷了多少钱，欠了外面多少钱，对我来说，一直是一个谜。我无力帮他，也无力去揭开这个谜底，加上这一次手术费用，肯定不是小数。

几天后，我离开北京换了工作，大村唯有三十六计走为上，选择了跑路。

世界是一个"8"字，兜兜转转，循环往复，无数的事物与命运最终又回到了原点。我离开北京那天，天空劈头盖脸飞下一场大雪，仿佛是对我初踏上这座巨无霸城市时那场雪的呼应。

几天之后，大村也回到了他江阴的乡村老家，开始了另一场翻山越岭的生活。

一路有你

一

望着岁月为我们留下许多不经意，

昨天的祝福是我为你写下的心情，

不愿看着你一个人背井离乡去寻找你自己，

会舍不得你。

你要相信流星划过会带给我们幸运，

就像现实告诉你我要心存感激，

想想过去我们一起欢笑，一起付出的努力，

一切都值得。

…………

这首歌的名字叫《一路有你》，路亮写给自己，写给朋友，也写给生活的希望和梦想。二○一八年冬天的某个下午，在重庆北碚巴渝农耕文化馆的"大地民谣全国巡演"唱谈会上，黑帽衫加牛仔裤、戴着黑框眼镜的路亮唱出了这首自己作词、谱曲的轻型民谣风格的歌曲时，征服了台下所有的观众。农民、工人、市民、快递小哥、文艺青年们集合的观众席，掌声久久不息。已经三十三岁的路亮在台上抱着吉他，有些欣慰，有些茫然，也有些惊慌失措，流下了久违的泪水。虽然这首歌并不是第一次被唱出，在此之前，他已唱了好多年，在开封，在聊城，在肥城矿业工会的小活动室，在机器的轰鸣间……

　　路亮现在工作的机构叫北京新工人乐团，它的前身叫北京新工人艺术团，名字变更过来不到一年时间。虽然只两字之差，寄托的理想却上了一重台阶：大家要做真正的音乐。新工人乐团是北京工友之家公益组织名下的分机构之一，其余是新工人工会、公益商店、打工子弟学校等公益机构。关于这个完全公益性质的打工者机构，有无数的话题和故事。路亮具体的工作地点在北京平谷一个叫张村的村子，叫"同心公社"，与朝阳区金盏乡的皮村社区工会总部隔着近一百公里路程。

　　路亮每天的工作是择菜、洗涮、炒菜、煮饭，为不定期到来的参加团建、培训、夏令营活动的人们提供后勤保障，或去机构的"同心桃园"除草、疏果、采摘、收发快递。在桃园，他融自己为几千棵树中的一棵，想象着自己也结出通红的大桃，那桃又幻化成一串音符飞向高高的天空和远远的燕山。

只有活动的人们离开了，桃园的工作闲歇了，他才抱出吉他练一嗓子，在时间的占有度上，音乐只是很小的一部分。路亮并没有受过专业的音乐课训练，甚至不懂五线谱，但指头只要碰触了琴弦，心里的那些风雨与时光、那些生活、那些亲情与悲喜就会化作音乐，潺潺流淌出来。

不同于大多数山东男人高大魁梧的形象，出生和三十年生活于泰安肥城的路亮小巧匀称，像一介书生。歌手或音乐人往往给人一种特立独行的异类感觉，路亮却显得极其平实。走在街上，眼镜、稍长的头发、休闲衣裤，少语寡言，泯然于众人。他在家乡有很多朋友、很多工友，一直没有断过联系，但他们都不清楚路亮在北京从事什么工作，他们常常将北京城市的重量和亮度，等同于这位昔日同生死的兄弟事业的重量与亮度。从朋友圈里听到他的歌，看到他外出演唱的视频，觉得他可了不起了。

"我就是一个普通的人，后勤工作是我的本职，音乐创作和演唱是我的爱好，我喜欢这样的事情，这是一种很好的搭配，两者是一体的。""音乐在生活中无处不在，音乐让人升华，音乐可以触动人的心灵。"在遥远的电话那头，他浑厚的嗓音显得低沉。

二

一九八五年出生的路亮，家里三代都是煤矿工人。

抗美援朝战争中在冰天雪地冻伤了脚的爷爷，复员后被分到了山东肥城煤矿做后勤工作，一直工作到退休。父亲在采掘一线干了三十多年，退休时，带着矽肺病，现在每天在咳嗽喘息中度日。路亮最怕听父亲的咳嗽声，像秋后垂死的蝉声，声嘶力竭，那比自己咳嗽还难受。

二〇〇〇年路亮上了矿上的技校，这也是矿工家庭多数孩子的选择。从那个时候，他开始自学吉他，也没有什么理想，就是一份爱好。他特别喜欢摇滚和流行歌曲，也爱学唱它们。

二〇〇三年十二月十五日，路亮开始下矿，那一天他记得非常清晰。他们几个新人夹在老工人之间，坐着大罐下井。不知道井有多深，只感觉罐笼在唰唰地下沉，仿佛要沉入无底深渊。新人紧张无言，而老工人们又说又笑。开始时，可以听见北风吹在井架上的尖厉叫声，慢慢地，什么也听不到了。

巷道幽深、曲折，几十年的开采，许多地方已成空场，虽然自然回填了，但在巨大的压力作用下，不时有石块陷落，发出吓人的挤压声。路亮所在班组的工作是掘进，这是一线的一线，掘进煤道也掘进石巷。当猫头钻力度不够时，会用到风钻。一班下来，要掘进三节槽，也就是六米。

猫头钻工作时是干眼，就是不使用水，这种钻没有用水功能。钻头形如两只竖起的猫耳，机器转动，猫耳部分的合金钻头在煤体或石体上做功。石末或煤末通过麻花状的钻杆转动被带出来，空气里永远弥漫着粉尘。机器巨大的反作用力让人站立不稳又不得不稳，因为扭动的力随时会让钎杆折断。为了进度和效率，全靠身体向前顶着机身，增加推力。掌子面一排炮需要十几个或二十个不等的炮孔，一排孔打下来，人像散了架。路亮一直做主操机手。

爆破响过，掘煤工或出渣工简单支护后，就是一场刀光剑影的冲刺大战，工人们以生产量定工资。炸松散后的煤或石渣有三十吨之多，在巷道里铺排出四五米远，上面部分几乎接住天板。工人们左右开弓，手上的巨大煤锹像风轮转动，煤或石渣像水一样扑到溜槽上，传动的溜槽把它们运输到下一环节。路亮和助手们远远地看着，或抓紧时间维修手里的机器。

最可怕的是接下来的第二和第三茬炮的工作，因为爆破的破坏力巨大，不能过于扎实地支护，因为支也白支，一炮下来就被摧毁了，徒费材料。操作机器时头顶不时有石头掉落，两边墙体垮落不断，大家都叫它片帮，有时片下来的帮能把人埋住。后来，用上了大型掘进机，情况变得好一些，但劳动时间一点儿不会减少。矿上实行的是三八制，即每班八小时工作、三班倒，所以工作时间并不是固定的，有时候是白天，有时候是晚上，有时候连黑带白。工作太累了，下了班就想好好吃一顿，然后蒙头大睡。工作之余很少有力气去摸琴了。更主要还是觉得自己是个下井工人、干活儿的，弹琴唱歌不是这种身份的人做的事，人家会认为你不自量力，不知自己是谁。

三

二〇〇八年一月一日，年关渐近。肥城，这片据说因西周时期肥族人散居而得名的土地，天地苍黄，并未落下一场如期的雪。路上的落叶和远处田地里的枯草随风飞上天空，太阳明亮而无力。

路亮在矿文工团排练节目，他是被临时抽出来参加节目的唯一一位井下一线工人，此时他已经是所在班组的组长。节目是为春节下矿慰问演出准备的，这样的节目年年有，算是为一线工人枯燥的生活滴一点儿润滑剂。下午两点，琴瑟叮咚中突然接到通知，井下发生了事故，遇难者已被送到了医院。

五年多的井下工作，这是路亮第一次碰到发生事故，他握住电话，突然两腿无力。出事者是他的技校同学，二〇〇〇年同天入校，二〇〇三年同天入井，是特别好的朋友。四个班组长赶到医院时，伤者早已没有了生命迹象。路亮用酒精为死者擦拭身体，身体血肉模糊，无法认出原来的形貌了。死者的身上还沾着厚厚的煤灰，必须让死者干干净净地上路，在这个世界每天尘垢染身，在另一个世界得一尘不染，这是一直以来对待死难同行的规矩。

一位同班的工人讲了事故经过：当天在井下运输大件，就是采煤机上的一个大设备，至少有三吨重，用车子在轨道上运送。三个人，两人在左右，一人在后边，在过岔道时，道没有扳好，落空的轮子脱了轨，车子突然翻倒，重物一下压在左边人的身上，当时身子就被砸扁了。

死者的父母赶到医院，没进门就瘫倒了，老人看到阵势，知道儿子没有了。白发人哭黑发人，虽然书上和屏幕上经常看到，但现实中还是第一回，路亮身上突然又一阵阵冷。

日子如行云流水，有时惊心动魄，有时无声无息。

二〇一四年，路亮被借调到了矿工会，结束了十年的井下生活。这当然得益于他的吉他才艺。

二〇一六年冬，路亮到了北京，开始了一场迟到的北漂人生。

二〇一五年起，煤价下跌，行业的说法：煤炭矿业的寒冬来了。据说从国外进口的煤比国内生产的煤质优价廉得多。环保日益提上日程，火电厂压缩或关停。到了工会，虽然安全得多，工资却少了近一半，这时常常三五个月发不了工资。矿上双职工的夫妻，不得不一人守业一人另寻出路。路亮开始背起吉他，到处走穴，一场演出能收入个一两百。

遇见张海超纯属偶然。二〇一五年的一天，在开封有一场活动请路亮去唱一首歌，现场活动的内容主要是张海超的演讲，歌手的内容不多，演唱也是陪衬性质的，为让场面更有人气些。活动结束后，参加活动的人员去吃饭，张海超很欣赏路亮的歌，向他推了孙恒的微信名片。孙恒是北京皮村工友之家发起人之一，任总干事。他做的公益服务内容之一就是组织几个志同道合的人为打工者公益演出。

路亮开始在网络上关注孙恒，关注他的新工人艺术团的消息，知道了这只是一个小团队，成员有姜国良、许多、孙元、王德志等几个人，而且几乎没有收入。舞台市场在霓虹灯之外的乡野、工地、学校、社区，与主流歌坛并无交集，他们像一群独行侠，行走于苍茫底层。

但他们的歌充满了力量，无论是充满了团结与号召力的《团结一心讨工钱》《天下打工是一家》《彪哥》，还是唱给友情与记忆的《想起那一年》《牧云人》，听得路亮血液沸腾，歌竟可以这样写，这么唱。这是路亮学歌以来听到的最有力量、最接地气的音乐。

二〇一五年十一月的一天，济南大学孙恒唱谈会，路亮和爱人开着车，提前四个小时去了现场。在路亮的想象里，孙恒是大腕级人物，肯定现场人气爆棚，得早早抢个位置。那天漫天大雪，济南城一片白亮。等了四个小时，孙恒终于进场了，显然才赶过来，风尘仆仆。中等偏瘦的个头儿，短发，衣着随便普通，像从工地上才下班的样子。孙恒唱了五首歌，讲了个人的经历和工人机构的故事。那是他们第一次相见，晚上一块儿喝了酒，谈到深夜两点。第二天，孙恒走时给路亮发了一条微信：兄弟，欢迎来北京！

四

三年过去了，路亮还是不由自主地常常把记忆的镜头切回二〇一六年一月的那个早晨。

北京的冬天异常寒冷，冷到呼出的每口气流都会化成白雾，在脸前飘散。鼻孔里仿佛结了冰碴儿，呼吸一下都扎得慌。下了火车，转了地铁，路亮终于到了位于朝阳区金盏乡的皮村街上。眼前的一切让他怀疑自己视觉出了问题，低矮错乱的房屋，随风飘荡的树叶、塑料袋，匆匆忙忙的人们，天空每隔一二分钟飞过一架飞机，巨大的轰鸣遮住了市嚣人声。这哪里是第一大都市北京，分明是破败的乡村。没错，在街道的拐角处，牌子上写着醒目的"皮村"二字。

路亮开始的工作是在工友之家工会帮忙，内容是组织附近的工友们看电影和各种文体活动，到公益商店帮忙卖衣服，为工人提供各种咨询，提供维权服务，总之什么都干，主要的工作是服务打工群体。

路亮发现，在这里，所有的人都是平等的、友善的，没有上下高低之分，有一种温暖，很随意，很舒服，不像当初在企业，没有一点儿话语权。虽然每天忙忙碌碌，但却是自由的，充满了意义。路亮觉得这是自己一直想要的生活。

爱人也慢慢理解了路亮：只要你开心，在外面照顾好自己，心里想着我和孩子就行了。北京到济南，因为高铁的开通，距离已不成为距离，行程只需要两个小时，路亮隔三岔五回去一趟。他常常对家人说："在北京，我是为了这个家，也是为了更多的人，在那里，我认识了很多的人，做了很多喜欢的事，这是在矿上想都想不到的。"

在北京的时间里，工作之余，路亮写了十几首歌：《一路有你》《矿工兄弟》《起风的夜》《这个冬天》……生活和观察的感受成为歌曲的主要内容和色调，在大家的帮助和自己的磨砺下，路亮觉得自己各方面水平都提高了许多。他跟着乐团去各地巡演，去工地、工厂、学校、企业、社区义演，受到了热烈欢迎。现在，乐团出了个人专辑，《一路有你》被收录其中。这也是路亮第一次出专辑。

路亮说他常常会回望长长的十二年矿井生活，说不上爱，也说不上恨。那些过往的人、过往的事、过往的一切，永远都在，又仿佛不在，变得切实又模糊，唯有将它们化作音乐，才是最好的纪念。过去的风雨与当下的生活交织、缠绕，一路前行，一路相随。

结束这段长长的电话采访时，已经是晚上十点。电话那头的路亮似乎意犹未尽。他的房间响起了吉他的旋律，那是很多人都喜欢的《一路有你》：

> 是你，是我，我们都是一样的，
> 都是为了理想的生活打工的。
> 有你，还有我，我们都还在渴望着，
> 为了生存走到一起。
> …………

小城里的文人们

> 诗家事业君休问，不独穷人亦瘦人。
>
> ——陆游《对镜》

D 城，据说已经有些历史了，五百年还是八百年，没有人说得清楚。丹江岸边那座青砖灰缝的船帮会馆有明确记载建于乾隆年间，高大巍峨，气势宏伟，站在城后几亿年前火山岩堆积起来的鸡冠山上向下看，在现代水泥建筑丛林中，依然如鹤立鸡群，可见当年船运业的繁华与一方商业生活的气象。但一山一江夹一城，受地理条件限制，小城的格局一直没有形成规模，到今天仍像个长不开的小人儿。

九省通衢之地，水旱码头，商业与文化相随相生，从古到今，这里是个出文人的地方。文化是个好东西，而文化人的故事，他们明明灭灭的种种命运，可谓浩如秋天层层叠叠的落叶。

这些年里，我见过听过的一些人、一些故事，起起落落，飘飘荡荡，布满了一江两岸斑驳的空间。

老六：铿铿锵锵都是书

有一年夏天，我们几个人去丹江河汊里炸鱼。那时候的丹江水还很清澈，也很浩大，一个浪能打出几米远。站在岸上可以一眼看清哪里有鱼，哪里没鱼，哪里鱼大，哪里鱼小。我们长期观察的经验是，水直无鱼，水曲才有，就是在河水拐弯水势变得平缓的地方，才有鱼群聚集。

丢下去一颗炸药包，轰的一声巨响，水花和细沙扑向天空，水面立即可以看到一群鱼翻起了白白的肚皮。我们大喊："老六，老六，快下水！"老六是我们当中水性最好的，没有他在，炸药包几乎是白糟蹋。老六立即如浪里白条一样冲向鱼群，抓一条扔一下喊一声，我们七手八脚归拢，一会儿岸上就积起一个小鱼摊。大伙儿收拾了鱼，折一些柳条穿起来，高奏凯歌还。

老六其实并不爱吃鱼，就是陪大家乐，大伙儿吃鱼喝酒时，他给我们讲卡夫卡、里尔克、弗洛伊德。老六好读书，几乎读遍了中外名著，他属于述而不作的那种人。大伙儿说："老六，你可是真正的知识分子呀！"老六急摆手："哪里呀，我就是个知道分子。"

老六的本职工作是打铁，他祖上三代都是铁匠，一辈辈传下来的好手艺。铁匠的手艺分两种，一种是形，即打什么像什么，打出来的器物精巧好看，这个不难。难的是刃器活儿，即淬火技艺，老六的淬火技术已臻炉火纯青地步，什么样的铁，什么样的钢，用什么温度的水去淬，清水还是浊水，淡水还是盐水，他看都不用看，全凭手感。经他淬出来的刃器，扯一根头发放上去，吹口气就断了。

老六的铁匠铺子在城南，铁匠铺子上面是日夜轰隆响的火车桥。每天快车慢车有多少趟，几点从南向北开一列，几点从北向南开一趟，他说得比火车站的列车表都准确。老六有些孔武，但没有多少胡子，倒显得白净。我领教过他的手艺，有一回，下雨没事干，去看他打铁。需要插一句，这些年机械化了，手艺人大都没了活路，但老六的活路依然不少，可见他手艺之好。据说，他也在转型，已少锻农器，向高精尖过渡了。那天，他正给人打一只铰刀。铰刀多用于工业车床上加工器件用，民间还没听说过做什么用途。他将一块弹簧钢板截了一段，大火烧透，锤打，再烧透，再锤打，如是十几次，最终锻打出一块黑亮的精钢。我见过别的地方的铁匠铺早都用上了气锤，匠人丝毫不用费力，只需掌握火候和器形就行，老六还一直用人工大锤。他说："锤砸在钢铁上，我知道它熟了几度，该用多大力气，还需要几道火功，手感都会告诉我。气锤、气割那洋玩意儿，我用不了。"

锻打成功的铰刀，像极了电影里大侠们用的飞镖，小巧精致，乌蓝乌蓝得瘆人。他将铰刀随手一扔，噌一声插进了一块铁皮里，再拔出来，刃口丝毫无伤。他说："也只有小日本，才有这个锻钢技术吧。"

事情还是出在了铰刀上。

当大伙儿知道坏消息时，老六已经进了看守所的班房。他给人锻打的铰刀，被人用来加工枪管了。那个人造了很多根土铳，卖到了很多地方，有一个人冬天到山上打野猪，被人举报了。张三追李四，李四追王五，最后追到了老六头上。本来造枪与老六没一点儿关系，但铰刀是老六打造的，等于他向罪犯提供了关键设备支持。那人用铰刀将钢管从这头向那头钻透，做了枪管，而枪管是枪支的最核心部件。

老六被判了一年零六个月，铁匠铺设备全部被没收。老六也没喊冤，只是求人把他那本读了一半的《纯粹理性批判》带给他。也不知道他读得怎么样了？算下来，老六再过两月也该出来了。

张则成：丹江河畔筛沙客

丹江从秦岭南坡的凤凰山下来，九曲十八折之后，在 D 城段变得驯服温良，一路挟带的泥沙因地势平缓而沉淀，沉淀下来的泥沙长满了芦苇，年年芦花漂白了两岸。坚硬饱满的河沙是上好的建筑材料，也是最方便的衣食财源。张则成一家多年一直靠淘沙生活。

张则成最初是民办教师，教了十三年书，到后来，民办教师完成了历史的接力，大学扩招之后，社会上有的是教育人才。大伙儿拿了应得的那份补偿金，各自回家了。

此时城镇化兴起，张则成家的一亩三分地早成了开发商的楼盘，连种一棵白菜的地方也没有了。张则成买了一把钢筛，带着爱人沿丹江河滩找沙场筛沙卖。除了有办法的人家，周围人差不多都在干这个。除了受天气欺负，也受河道管理部门的气。他都记不清这些年，被没收了多少张沙筛了。

筛沙是件非常苦累又无聊的活儿，早晨天不亮起床，做了硬实饭，饱饱地吃好了，准备足一天的干粮和水，太阳冒山尖时赶到沙场。买沙的大三轮、小三轮起得很早，赶晚了，买方就会去买别人家的沙，你的沙就只能晾着。天不好，一场大雨，一场水涨下来，沙又归了河水和下游的河床。

最难的是沙源地的寻找、选择。丹江水流了千年万年，三十年河东，四十年河西，河流的秘密永远比人的秘密难以猜测，有些看似有积沙的地方，待砍了树木割净了芦草，挖开来，下面是一堆石头，或者有一摊沙子，淘不了一晌儿，下面就见了岩石，白忙活一场。有的地方明明有好沙子，但周围的路太差，车子开不进来，淘再多也白搭。还有的地方，泥太多，一半泥一半沙，没有用处，没人要。

每天筛着沙，张则成就想，这样总不是个办法，老了的生活来源且不说，就眼下靠沙也过不去，儿子一天天大了，马上要上大学，那花费就是天文数字，无论如何得有第二份收入。

张则成的表弟在县文化馆上班，其实文凭还没有张则成高，只是职校生，而张则成是正宗的县一高文科生。不知怎么的，表弟就写出了一本书，是关于民俗与吃喝文化的，卖得很火，一下卖出一万多册，挣了四五万。人怕出名，每天约稿不断。表弟写不过来，找到张则成帮忙。

张则成原本不想接这个活儿，一个是自己从来也没有写过文章，二则是讨厌文字了，教了那么多年书，成亦文字，败亦文字，这些方块字太伤人了。后来经不住纠缠，他还是接了。张则成至今记得，写的第一篇文章叫《一碗扯面后的风雨》，三千字，发在了南方的一家内刊上，得到稿费三百元。

写文章，尤其要写出真情实感的好文章，并不是一件容易的事。张则成的生活简单、狭窄得像一张纸条，写着写着，大脑空成了壳，他感觉需要生活来充电，于是把沙场的事交给了爱人，骑上摩托车去各地找生活素材。

D县，地处两省三县夹缝，八山一水一分田，人居复杂，民生如戏。张则成越找素材越有劲，越来越喜欢写和走，每走一个新地方见一场人间景象，每写出一篇新文字，就觉得所有的苦累都是值得的。

几年下来，张则成骑坏了两辆摩托车，竟写了厚厚一本，计有四十万字。他要将它们出版成集，他找了很多家出版社，没有谁家明确拒绝，也没有谁明确答应。只是有编辑告诉他，出版市场已非王谢旧楼台，写得好坏是一回事，有没有读者是另外一回事，言下的意思是你太无名，只有风险自担。

为了筹措出书的钱，张则成收起了沙网，两口子南下广东进工厂了，儿子交给学校全寄宿。那是一家冰箱厂，叫格力。有一天他半夜给大家打电话说："工资不错，虽然每天加班，苦两年，书就能出了。"

小莉：为爱情而写

小莉四十岁了。

小莉出生和长大在河西走廊尽头的敦煌，嫁过来时，才十八岁。十八岁的小莉很清秀，清秀得像个初中生，走路一蹦一跳的。她丈夫赵大成对她的清秀很不放心，走亲访友，朋友聚会从不带她玩，留她一个人一天天待在深宅大院里。小莉的印象里，好像嫁过来之后再也没有走出过这座红漆铁门的大院。不过，人们已经忘了小莉的十八岁了，就连她的四十岁，也没几个人记得，就像她的诗歌一样。

小莉认识赵大成的经过说不上传奇，与无数文青故事的版本并没有太多出入。那时候，文学青年特别多，没有人说得清那个年代为什么这么多文学青年，从繁华都市到边陲荒地都是。那时候有一个段子，说你在街上随便扔一颗石子都会打中两个文学青年，似乎并不夸张。这一现象，也许并不在人类学、社会学的范畴，就像平地里起了一阵风，来得疾，去得也疾。没有人去研究它们，小莉倒是从自己身上研究了一番，结果是：为了爱情。

小莉开始写诗的时候，赵大成已经写了好几年了，小莉把诗歌写得有点儿像诗的时候，赵大成已经有了些名气，在各种刊物上都有发表，还获过几次小奖。名气像一阵风，吹到了河西走廊尽头。小莉就给赵大成写信，向他致敬和学习。信来信往，就成了好朋友，诗来诗去，就走到了一起。

小莉永远忘不了第一次和赵大成见面的情景，那是一个冬天，不太干燥，也不太冷，一个有点儿反常的初冬。在柳园火车站，一个高高瘦瘦的青年走出了站口。那时候柳园火车站还很小，每天只有几趟车停靠，都是绿皮的那种。强烈的太阳照耀着赵大成，照耀得他更显单薄。他的眼睛真好，一点儿也不向阳光示弱，明亮又有力，四下寻找一个人。小莉知道那是在寻找自己，她故意躲在人群后面不出来，小莉个子小，被人墙遮得严严的。她手上紧紧握着一本《读者》，那是约定的接头暗号。

那个下午，两人好像都很激动，又像谁也没激动，两人迎着风在火车站广场外的人行道上走。风从马鬃山的方向吹来，带着一股野性，一股牛羊和草场的膻气。风把街树的叶子都吹落了，也把赵大成的头发吹起来，一会儿吹成了中分，一会儿吹成了左偏。小莉发现赵大成的头发竟有一半是白的，但白得光亮，白得柔和。小莉第一次知道，那叫少白头。

二〇一〇年，赵大成去了山西煤矿，到底是哪家煤矿，小莉至今也弄不清。山西的矿多得像星星似的，有的大点儿，有的小点儿，D城的青年，像煤矸石一样散布在这些大大小小的煤矿里。赵大成这时候早已不再写诗了，生活离诗越来越远，诗不能当日子过。小莉也不再写了。其实两人写得都还不错，经常在刊物上发表，各地诗人诗会活动也经常邀请他们。

半年后，赵大成回来了。小莉去风陵渡接的赵大成，赵大成变成了一捆白布卷。送赵大成回来的车只能送到这儿，这是规矩。在把赵大成转移到另一辆车上时，对方交给小莉一个包。几天后小莉打开了它，那里面是八万元钱和一份补偿协议。那一晚，风陵渡上空无星也无月，只有风放肆地吹，粗粝的风把两岸村子的狗叫声吹成了碎片，又落进滔滔黄河里。小莉并不知道，那些年有数不清的北方青年，梦一样过了黄河，又梦一样回来。虽然世界和命运一直像梦一样。

小莉又拿起了笔。二十年前，她用诗把赵大成写进了自己的生命，写成了自己的一部分，她坚信，以后一定能把赵大成再写回来，不管他走多远。

老李：犹是春闺梦里人

我认识老李的时候，他还不叫老李。当地有个习俗，父母在，晚辈不敢称老。我们都称他李老师。李老师写诗，当然是现代体，北岛、顾城们的自由分行形式。

李老师家住在县城西头，人称西街，这是俗称，如果寄个信或是填个人住址信息，就要写"西环路某某号"，这是比较正规的叫法。西环路其实也不是什么了不得的路，就是一条直通国道的主街，加上一些枝枝杈杈似的巷子，除开直通国道的主街，走进去，让人东西莫辨。李老师就住在其中一条巷子里。巷子太小，以至无名无姓。

李老师写诗较早，据说开始于学生时代，因为长于情诗，人也玉树临风，诗歌和人都被女生热追过，这是他个人的秘密。秘密的事，都不愿让太多人知道，他早已不提了。他床头的几本

《当代青年》《诗神》，已经黄渍不堪，其中有他发表的诗歌。他喝了酒，有时会翻开来，向大家朗诵一段。中学时段，是他一辈子最有理想的岁月。随着生活与年岁日长，人的理想会日涨或日蚀，老李属于后者，他说他一点儿理想也没有了，要有，就是喝酒。他至今依然保持着半斤白酒的量，喝完了酒，骑上电动车，去爬鸡冠山，一点儿不碍事。

老李写一手极好的毛笔字，半行半草，自创门派。老李有些高傲，不屑于临帖。他说，万物需要创造，不需要模仿，因为总是模仿，人变成了今天不人不鬼的样子。十五年前，老李在南方某地开过字画店，当然，字是自己的，画则是为别人代卖的。老李从这座小城消失了十年，就在人们快要把他忘干净的时候，他回来了。不过，去时一双人，回来一杆枪。他把爱人丢在了南方的大海边，连同许多年的诗歌梦想一起。

其间发生了什么故事，老李讳莫如深，从他断断续续的酒话里，我大致组织还原出了以下内容：在那个临海的城市，老李一边经营字画店，一边写诗，生意与事业都春风得意。后来，在诗人圈子里，老李认识了一位女诗人。女诗人离了婚，被商人丈夫甩了，带着女儿生活。再后来，女诗人的前夫得了白血病，花光了钱，反过来找上女诗人，女诗人找上老李借钱。当时老李已小有积蓄，他拿出了全部家当，背着爱人支持了女诗人的前夫。最后，双方都鸡飞蛋打，女诗人的前夫医治无效，死了，女诗人带着女儿，去了遥远的多伦多。字画店再无资金周转，老李青梅竹马的爱人进了企业，在厂长办公室打扫卫生。最后，她嫁给了厂长，厂长给了老李十万元钱，让他把字画店重新开起来。

二〇一二年，我去新疆喀什打工，那是我最后一次进疆，也有许多故事。行前的某天晚上，老李请我喝酒。酒酣耳热时，老李拿出了一幅字，尺幅不大，但字极隽秀，是唐人陈陶的两句诗：

可怜无定河边骨，

犹是春闺梦里人。

是谁的书法？我猜不出来，老李也没有告诉我，凭直觉，那是女人的手笔。简单的两句诗，里面包藏了多少风雨与情感，包蕴了多少命运风尘？没有人知道了。

两年前，老李在一场酒后车祸中走了。

安安：从纸本到网络

我至今没有见过安安，让我熟悉他的，是他经营的公众号"说人间"。

安安人生的前三十年，可以用一个词来总结，那就是失败。

当然，没有几个人的生活是风光的，失败是大多数人的命运常态，但安安的失败败得有些特别。他原来是一个火纸匠。

丹江在南山拐了一个巨大的弯，这一拐不要紧，把南山拐成了 D 城的江南。南山得地理眷顾，气候温润，四季模糊，山上遍生野竹，这是制造火纸的上等材料。火纸就是祭纸，专为亡人用的。在冥币没有通行之前，它是那边唯一的通行货币，用量大得吓人。

"说人间"，其实在说自己，我把其中有关安安个人信息的内容筛选缕析之后，大约连缀还原如下：

村子有一个水磨坊，因为水量四季丰沛，因为还没有电，水磨的生意好得像戏园子，当然说生意也不准确，那时几乎是免费，一年四季也挣不了几个钱。后来，通了电，有了电磨加工坊，电磨多高效啊，水磨就败落了，水磨坊也被草和树包围了。

那时候，安安十五岁，他要把水磨坊变成火纸坊。在南阳大姑家，他见过火纸的生产过程，他记住了。那里拥有的条件，这里全有，但他没有钱，虽然也用不了多少钱。安安偷了父亲的私章去信用社村代办点贷款。那时候身份证和户口本的作用还没有被提得太高，私章是最权威、最有效的身份证物。按说安安十五岁，还没有资格，更不能代表父亲贷款，但那时候信用社有放款任务，完不成任务，也要受罚。代办点主任给他放了三千。

办厂是个很复杂的过程，"说人间"里并没有说这些，我当然也不好猜，也用不着猜，因为都不重要。总之，安安办成了。

火纸厂最顺当的时候，安安出了事。那一天夜里，他去添竹子，被捣坏了脚。火纸的主要原料是竹子，竹子要捣成浆，才能捞纸。添料的人睡着了，机器咣咣空响，安安去添料的时候滑了一跤，脚被机器当竹子对待了。在医院一住三个月，最后瘸了。

火纸浆仅竹子也不行，要兑别的材料，火纸厂收来了许多书，书浸泡捣浆后，掺在竹浆里，火纸变得细腻又有韧性。火纸生产没日没夜，枯燥得要死，安安就一遍遍读那些即将成浆的书。到了后来，不能自拔，再到后来，写了两本书。他觉得自己写的书比那些成了浆的书好多了。

后来，火纸厂停产了，倒闭了，不是生产经营得不好，是因为有了冥币，十万、百万的票额都有，没火纸的市场了。再者就是南水北调工程，不能让废水污染环境，火纸厂被罚了两万元，关停了。

安安写的两本书自然也化成了浆，没有谁愿意出版它。安安开始用公众号说人间，说这半生经历过的、看见了的人间百态。他买了粉丝，现在也能接广告了。公众号有些火，企业常常也借他的平台发消息。

安安现在成为一方网络名人了，觥筹交错的活动上常有他的位置。在红酒和白干的吞吐中，在嬉笑怒骂中，假装把前半生忘掉。

尾声

据说，在二十万人口的 D 城，有两百多个喜欢读书写作的人，他们分布于县城、乡镇和边边角角，他们被人称作作家或诗人，被视为异类或同类。他们的职业五行八作，为官为商，为工为农，而更多的一些人根本没有职业，靠打零工为生计。他们枯枯萎萎，又丰茂葱郁。

在这个逻辑的世界上，这是一群没有逻辑的人。这说不上什么好，也没有什么不好，就像那些看见或看不见的流水，在苍茫的土地上没有道理地消失和流过。

一个人的炸药史

——我的爆破史，约等于"炸药工业十年革命史"

一

据说，炸药的发明源于炼丹术。炼丹是道家人的事业，有没有道行，道行深浅，就看你炼没炼出长生不老的丹药（虽然从来没见丹药让谁长生不老过）。"学成文武艺，货与帝王家"，这是读书人和练武者的理想和出路。其实道家人的炼丹，那用心也颇为复杂，开开谢谢几千年王朝史里，道家与官家打得火热的故事数都数不过来。

道家人除了不炼活人，什么东西都敢炼，丹药配方更是稀奇古怪，其中硫黄和硝石似乎是主要原材料。为什么这两样成为主要原材料，我想原因之一，可能是它们易燃。想想，一座炼丹炉老是塌火，是不是又麻烦又影响工效？

按道家的说法，金石类的东西毒性很大，会损人五脏六腑，要"伏"一下杀杀毒，手法就是一遍一遍提炼，以火攻毒，最后留下精华。《丹经内伏硫黄法》说，"伏"硫黄要加硝石，"伏"硝石要加硫黄，于是一勺烩，把硫黄、硝石研成粉末放进加了炭的烧罐里，再将罐子放进炼坑里，用皂角点燃……呼哧一声，黑烟腾天，添炉者被熏成黑面包公。火药就这样出现了。

早些年，在金矿见人炼过金，整个流程与书里记载的炼丹术相差无几。炼到最后，黄澄澄一坨金疙瘩，也和丹药差不多。用舌头舔一下，涩香里有一股火药味。

炼丹者永不言败的钻研精神薪火相传，站在前人肩上的人发现，把火药塞进密闭的空间里点燃会爆炸，于是炮仗就诞生了，热兵器就诞生了。《天工开物》里说："凡火药以硝石、硫黄为主……两神物相遇于无隙可容之中。其出也，人物膺之，魂散惊而魄齑粉。"把炸药真正发挥到极致的，据说是瑞典人诺贝尔。

二

我第一次真正接触炸药，或者说第一次接触真正的炸药时，不到十五岁。

那一年的夏秋特别长，长得像日子停住了，又仿佛所有的日子堵塞在一块儿，像公路上大堵车一样。当然，那时候还没有见过大公路，也没见过堵车景象，百里大堵车的壮观与焦灼，是几年后去西安翻越老秦岭时才领教到的。

庄稼长在地里，树木青在山上，夏正酷，秋尚早。乡里组织群众修通村公路。

那时候峡河这地方叫峡河乡，已经不叫峡河公社，变成峡河村是遥远的二十年后的事情。据说峡河乡第一条通村公路修筑于一九六三年，当时的情景不得而知。我第一眼看到的情形是，一条蜿蜒九曲的泥巴路，偶尔爬过一辆突突响的手扶拖拉机，司机手忙脚乱，脸被烟囱喷出的黑烟熏成了"包龙图"。"包龙图"很势利，只有长得漂亮的俏人儿或重要人物拦车求带时，才会停下来，仿佛那是一驾凤辇龙车。

由峡河乡的祖师庙到最顶头的双峰村，有二十五里，再往上，翻过高高西街岭，是河南卢氏县官坡乡地界。这二十五里路，说通也通，说不通也不通，峡河这地方山狭水猛，年年夏秋发大水，水跟公路有仇，公路总是占了水并不宽裕的道。冲了修，修了毁，你死我活的斗争。那时候，群众的主要业余生活就是修地、修路。

当时的乡长姓余，他是丹凤县城人，说一口丹凤县城官话，丹凤官话跟西安关中方言有些类似，但又不同，有些软，有些舌音。说官话的都是当地土著，祖祖辈辈生于斯，长于斯，性子有些硬气，有些自信，不像峡河这里都是从南方搬来的离了祖宗的人，总直不起腰。

大会上，余乡长说："这一回，一定要把路修好了，龙王爷要再毁，他得付出三根肋骨。"

炸药在那时还没有成为管控物资，可以使用和买卖。夏天时，大人们提着装了炸药的尿壶下到黑龙湾炸鱼，轰的一炮下来，能炸百十斤鲈鱼，倒霉的王八常常一并被抓获。

随便是随便，但并不是免费的。那时候，除了到供销社购买，大部分人会自制炸药。修房基，开山取石，移除碍事的路障，平整田坎儿，甚至劈开某棵大树，都要用炸药。制造起来也容易，像做一锅玉米粥似的：铁锅下架起柴火，火光熊熊，锅里倒入硝铵、松树锯末、柴油、洗衣粉、硫黄……成分不一而足。翻炒、熔化、冷却，就成了。如果爆破力不够，再加入棉花燃尽后的纯灰，但这东西太金贵，当地并不产棉花，谁也舍不得把棉裤扒了烧成灰，就用一种构木的炭粉代替。构树也就比其他树种金贵得多。

就连几岁的孩子也会造土炸药包：火塘里取一块通红的炭火，放在一块平整的石头上，上面蒙一小片旧棉花，再盖一层细土，一锤砸下去，叭的一声，火花四溅，开裆裤又添一窝小窟窿，挨爹娘一顿好揍。

乡政府机构简单，人少，钱也少，没有财政所，也忘了有没有税务所，总之，穷。修路需要使用大量炸药，没办法，购买一半，自制一半。土方用自炒的炸药，石方用从供销社购买的炸药，有些软硬不吃的沙石方，就用二合一的掺和品。路修到后来，财力实在无力支撑，就全靠自制。一片破旧牛圈里架起三口大铁锅，整天铁铲叮当，烟气腾腾，呛得牛们站在半坡上，不敢回家。

我跟着生产队的大人们一起修路。路段分包到户，你家十米，他家八米。我们家人口多，任务重。男儿不吃十年闲饭，我将近十五岁，初中毕业了，个头儿长到近一米八，已是小伙子了。

我不知道当时有多少人参加这场"大会战"，只知道一下拉了十几里长，以生产队为单位，划分标段，起灶。生产队长既是施工员，又是指挥长。我们生产队运气不好，分到的路段全是石头。那地段，叫大石幢。

小时候，我曾无数次经过这里，两山夹一涧，壁立千仞，白天也阴森得吓人。外婆家住在离官坡不远的沟垴，她家人少，有吃的，我家没有，因此我每年都要去住一段时间，说白了，就是蹭吃的。很小的时候，父亲用担子挑着我们，一头是我，一头是弟弟或哥哥。后来长大些，由父亲带着或自己去。

涧中间，竖一块巨石，不偏不倚，立在中央，右边流水，左边行人，水不高兴了，常过来抢道，把人路变水路。其实也不是水霸道，那原本就是水的道。我看过邻居家的家谱，厚厚一本草纸黄卷，记录了他们的家史，也顺带记录了峡河的人烟流变。在二百年前，他们家逃难到峡河时，这里根本没有人烟，只有山和水。"涧深沟狭，河柳满抱，有千年古树曰银杏……"

这一次，乡指挥部下了死决心，一定要把这块石头拿掉。

这块石头存在了多少年，谁也说不清。远看像一枚方印，近看更像一枚方印，斑驳陆离的颜色，白一块，青一块，有一股巫气；向前倾着，像要往纸上戳章似的，戳完了，或还没有戳，正在判断字的方向。下面是一方深潭，绿汪汪的，丢一块石头下去，半天冒一串泡上来，泡久久不散，像谁发出的愤怒。

三

刘四喜是峡河最有名的铁匠，有名到什么程度？据说他打出的杀猪刀，捅年猪时从来都是一刀毙命，而且刀不沾血，出来时白生生的。铁匠的最高境界已无所谓器具的形，是钢火，吹棉立断，或斩铁不卷。这两样手艺，刘四喜全占了。

刘铁匠没想到，他半世英名，丢在了大石幢上。

刚开始，谁也没把这块石头当回事。队长从指挥部领来十斤炸药，倾堆在石头上，用湿土覆盖，做成一个土馒头，这叫堆炮，最常用也很有效的方法。引以雷管导火索，轰的一声响，大家兴奋地赶过来，一看，石头完好，像什么也没有发生过。

大家说，石头这么大，药太少了。队长从指挥部领来了半袋炸药，足足五十斤。队长说，这回不少吧？大家说，不少了，山都能轰下一角了。如法炮制，又轰的一声，炮声传到了十里外，近处人家的檐瓦落下一溜儿，山雀们全都哑了声。石头还照样，丝毫无伤。

余乡长看了，很生气："你们这些败家子，这是糟蹋炸药，这样用，谁也供不起！给石头钻上洞，填上炸药，不信还有炸不开的石头！"

大家背来钎、锤，一人掌钎，两人抡锤，左右开弓，叮叮当当。钎头在石面上弹跳，只留下一道道白印，像画上去的闲墨，就是无法凿进毫厘。一会儿崩了钎头，一会儿卷了钎口。大家骂骂咧咧，这他娘的啥铁匠，淬的他娘的啥火。

指挥部铁匠炉换上了刘四喜。

刘四喜锻打出的钎口乌蓝乌蓝、阴森森的，像要往人肉里钻，看着瘆人。锤声叮当，钎口还是照旧，不是崩了豁，就是卷了舌。刘四喜急了一头汗，搁谁都急，一世英名呢！他拿出了十八般手艺，井水、盐水、湿泥、干泥，所有的淬火秘方都用遍了，结果还是一样。在铁匠炉与工地之间，钎杆们耍花枪似的轮换。

有个张老汉说，这石头吸了千年阴气、万年精华，是一块精石，可不是普通石头了，得用尿泼，先破了它的护体才行。于是有人担来两桶尿水，细细地泼了，结果除了招来无数苍蝇，一炮下来还是纹丝不动。

大伙儿无计，晚上就开会商量破解的办法。队长发话，谁能把这石头破开了，公差任务就免了，回家想干啥干啥。会开到半夜，大伙儿都说，活了半辈子，没见过这么硬的石头，软硬不吃，没有办法。到了最后，我的一位表叔说他倒是有个办法，只怕要花钱。队长催他快说，不怕花钱。表叔说，石头确实硬，炸药也不行。表叔打了半辈子猎，会秘制炸药。他造出的炸药，包在肉里，只要一丁点儿，能把毛狗的脑袋炸下来。所以他的炸药，谁也不敢往枪膛里装。

炸药制出来了，看着还是原先用过的那些炸药的样子，像一袋掺了的黄米面。

轰的一声，石头裂成了八瓣。

路打通的第二年，表叔死了。病死的，查不出来是什么病。大伙儿给他穿衣服时，发现他满身青一块紫一块，体无完肤。有人说，这是那些被炸药炸死的毛狗、狐狸、狼、野猪阴魂不散，把仇报了。这大概是一种过敏造成的，表叔死前吃了无数种药物。

表叔秘而不露的炸药秘方，到底使用了什么特殊的成分，再没人知道了，随着棺材入了土。

四

一九九九年，我开始在矿山打工。

在矿山，人和钱都不算什么，炸药才是老大，真正的第一生产力。那一米一米巷道，一斗一斗矿石，一坨一坨黄金，一卡车一卡车铝、钼、铁、铜锭……都是炸药轰出来的。现代矿业生产，炸药才是真正的厥功至伟者。

我打工的第一站，河南三门峡灵宝的秦岭金矿老鸹岔。

灵宝金矿所在的山岭，被称作"小秦岭"，意思是它并不是真正地理意义上的秦岭，只能算小弟，也就是余脉。奇怪的是，中国所有金属矿藏都在名山大川的余脉地带，主段部分很少有大的矿量生成。秦岭、长白山、阿勒泰山、喀喇昆仑山都是。这是另一层学问，一般人搞不懂。

我老家峡河距小秦岭并不远，属莽岭山系，东接伏牛。虽然是两个省，不过半天车程。近水楼台先得月，老家的人们有去秦岭矿山打工的传统，从二十世纪八十年代起，那里就成为家乡人民的临时银行，没钱了，日子过不下去了，去取就是。取多取少，看本事和运气。有人用力气取，有人用技术取，有人用命取，这里面有说不尽的故事。

开始时，我啥也不会，就混在一帮人里拉车。两轮的加重架子车，钢圈部分加焊了钢筋，能承重一两吨。铁皮车厢，有半个指头肚儿厚，沉重又结实，一趟一趟把爆破工爆下来的矿石或毛石拉出洞，倒在渣坡或矿场上。我们被叫作"渣工"，来自东西南北，最苦，钱也最少。没啥技术要求，这行当最不缺工人。

负责爆破掘进的师傅是栾川人，栾川是洛阳最边缘的一个山区小县，毗邻卢氏县，山高水猛，出钼矿，出爆破工。师傅们基本不和我们打交道，他们下班，我们上班，他们上班，我们睡觉。他们有独立的工棚、独立的灶，厨房倒出的垃圾里总有鱼头鸡骨。

巷道爆破掘进使用的炸药叫铵梯二号岩石粉状炸药。我们也不懂什么是铵梯二号岩石炸药，是一箱箱码在岔洞里的炸药箱上印刷字说的。我当时想，为啥用二号，难道一号、三号就不行？后来自己做了爆破工，培训班学习了炸药的性能、爆破原理与技术操作，还有什么爆速、猛度、燃烧值、热感度，这才知道，一号、三号还真不行。对付这种中硬度的岩石，只有它最合适。

真正领教到铵梯炸药的厉害，是在两个月后。

那一天，工作面出渣出到一半，出现了一块大石头，不下于五百斤。这是掘进的岩层中出现了突然的断层，没有被炸碎。这种情况常常出现。锤砸，钎撬，用尽了力气，都没有办法让它碎开或装上车厢。工作面不腾开，接下来的风钻作业就没办法开展。巷道已经掘进到了五千米，空气越来越稀薄，温度越来越高。大家流着汗，已经精疲力竭，商量怎么办。

小四川说，用炮炸。小四川干出渣这行已经七八年，最有经验。他是我们的小班长，每月多三百元领班工资，也就最有话语权。我提醒他，最好还是请示一下炮工师傅看怎么处理。小四川说："要请示你去请示，我没这个闲力气。"闲力气我也没有，出去来回近万米。

有人从岔道里拿过来一包炸药，塑料袋上写着"3kg"。包里共二十节，像二十支火腿肠。我问，用几节？小四川说，三节就够了。把三节炸药管撕碎了，倾倒在石块上。微黄，干净，新鲜，有一股淡香。这是我从来没有见过的高威力炸药。用细渣覆盖压实，再插上雷管火索。小四川说："我腿不灵便，你来点火。"他的一条腿前几天被车子碰伤了，有点儿跛。

他们四人撒开腿往远处跑。洞道笔直逼仄，伸向不见尽头的地方，像极了电影里的墓道。我们如一群盗墓贼，紧张慌忙。等他们跑得头灯只剩下四颗小星星，我开始点火。

打火机按压一下，不起火，再按压一下，还是不起火，只有发出的一点儿电花。我突然想到这里缺氧，我把气门调到最大。打火机哧的一声蹿出一股火苗，火苗蹿到了导火索的索头上，导火索蹿出一股火花，一尺多高，把洞壁照得彻亮。

我转身拔腿就跑，洞顶太低，我弯着腰，洞壁唰唰往身后退。我听到叭的一声，几乎同时，咚的一声巨响。一股力量从身后推过来，那力量实在太快了，我的矿帽被推得掉在了地上，头灯也摔灭了。那力量越过了我，一直向前推，把洞壁上的风筒扯得哗哗响。

我耳朵里什么也没有了，只有一股声音，细细的，绵长又急迫，像一只秋后垂死的蝉在叫唤。

铵梯二号岩石炸药，适用于中硬度岩石的爆破作业，对冲击、火花等不太敏感，在潮湿的矿洞环境中容易结块失效，对有水条件下的爆破效果不理想。到了二〇〇〇年前后，它被淘汰出局了。

相较于前期成分复杂的炸药，铵梯二号岩石炸药虽然爆破力巨大，猛度爆速等不知高了多少倍，但也有温柔的一面，它对外界敏感度不高，因此在残炮的处理和装填操作中，避免了无数事故。它至今令那一代爆破人怀念。

五

时间到了二〇〇五年，我已经是一位技术精熟的爆破工了，走南闯北，脚踩无数山头。经手的炸药，大概要用火车皮来计算。

这时候，矿山爆破广泛使用的已是乳化炸药，乳化岩石炸药适用条件广泛，更适应有水条件使用，污染小，炮烟毒性小，大大节省了工作区通风时间，更保障出渣工的安全。我常常把自己十几年的矿山爆破史，自诩为"炸药工业十年革命史"。

随着时间的推移，作业条件、爆破效果的需要，炸药的品类、性质也在发展、变化、提升。像一些事物一样，有时快一些，有时慢一些，有时让人猝不及防。

爆破掘进这行，最难的是打天井。

所谓天井，就是从山体深处向上的、通天的井，用作分层巷道连通或向地面排烟通气，也有从地面向下凿进的，但那太慢，太耗力。它们五十米、八十米、几百米，高度不等。

此时我正在包头打天井。包头的春天来得特别慢，特别晚，老家陕南已是莺飞草长，这里还是一片寒彻，广野千里，苍黄枯萎。它像一位迟到的学生，迟疑着躲在门外边，探头探脑不敢往教室进。

那天我和强子一班。他本来在另一组，他的伙伴病了，感冒发烧好几天，害得他耽误了好几天，少挣了不少钱。他女儿上着大学，每天都要花钱，不拼命不行。而我的搭档正好去了包头市里，去会他也说不清的女朋友，据说是一位外科护士，相识相爱于一次小伤住院期间。

天井已经打到了七十米高，这是导爆引线告诉我的，一百米整盘的导爆引线，在平巷上只余三十米了。每爆一茬炮，索绳向上拽两米。

强子算我半个师傅，他上矿比我早了好些年，我在高中打篮球时他就上山了。但他的技术始终不怎么长进，干这一行，也是需要天分的，对岩石的认识、对炸药爆破力的把握、炮位的合理布局，以及填充炸药的微妙深浅与多少等。他属于比较没有天分的那种人。

天井八十度向上，其实和九十度垂直也没什么区别。站在工作面的铁梯上向下看，有些头晕。吐一口痰，能直接落在下面的平巷上。平巷不时有人经过，像没有长大的小人。钻没开时，他们喜欢向上看，看见两个忙碌的人，如树上摘果的猴子，说一句"妈呀"，我们听得很清。

我操作风钻，强子帮衬。石头异常坚硬，大概快接近地表了。要在碗口大的面积内打出七个四厘米大小的掏心孔，得非常用心。钎杆转动起来，钻头在岩石上高速撞击，火花四溅，渐渐进入。我把风钻功速开到三挡。钎杆旧了，有些弯曲，它在空中绕出一个个飞转的圆圈。我想起《七剑下天山》里对楚召南的一句描写：连人带剑舞成一团白光。我凭着手感，努力让钎杆与标杆保持平行等距，保证孔位的质量。

我们从早上八点一直工作到下午六点，掌子面上打出了二十八个深孔。掏心部位的炮孔像一朵抠去了莲子依然精美的莲蓬。强子和我身上都湿透了，一直湿到最内层的裤头。他时不时冲我一笑，露一口白牙。

装填了整整一箱炸药，二十四公斤。

拧了起爆器，我们躲在内巷里数炮声。这是惯用的程序，炮声够了，爆破就成功了，就放心了；没够，就不好说，有时要补炮。

我听到了轰的一声,又一声,再紧密的一串。石块哗哗地落下来,在平巷上撞击出巨大的声响。我听见石头大水一样不断落下来,没完没了,远超往期的量。

"透了!"我拉住强子往外冲。这是一条死巷,没有出路,没有被打透的地方。但是晚了,巷道被落下来的石块堵死了。打透的位置一定在山体的某个松软部位,那里有无尽的石头垮塌下来。

炮烟像一床被子一样裹住了我们的呼吸。

我闻到了浓烈的硫黄味道、硝酸铵味道、淡淡的松香味道,后来,什么味道也没有了。

醒过来的时候,正是正午。天空蓝得没有一丝云彩。北国的春天到底还是来了,吹过来的风有一股膻味,那是牛羊的味道、戈壁草芽的味道、归化的南风的味道。强子四仰八叉地躺在我身边的矿渣上,他还没有醒过来,眼角有一片湿渍。矿山的惯用方法,被炮烟熏了的人,不能放屋里,要放渣坡上让冷风吹醒。

我隐隐听见工头和一帮人说话,有一个说:"这两个家伙,也是命大,幸亏是乳化炸药,如果是梯恩梯(TNT)或者铵梯干粉,就没救了。"

头疼得厉害,眼睛有些睁不开,我还是看见了远处的山岗,草原尽头的山岗逶迤、遥远,有细碎的云在飘,它们像极了我亲手点燃的硝化甘油炸药、铵梯炸药、铵油炸药、水胶炸药、乳化炸药的残烟，在天际，在我从业经年的生命里，从四面八方飘啊飘，它们归拢复散开，散开复归拢，无处安放。

工棚那边，飘过来一支歌，我不知道它叫什么名字，好听极了：

> 太阳落下山，
>
> 秋虫儿闹声喧，
>
> 日思夜想的六哥哥，
>
> 来到了我的门前呐！
>
> 约下了今晚这三更来相会，
>
> 大莲我羞答答低头无话言。
>
> 一更鼓儿天，
>
> 姑娘她泪涟涟，
>
> 最可叹这个二爹娘爱抽那鸦片烟呐，
>
> 耽误了小奴我的婚姻事啊！
>
> 青春要是过去，
>
> 何处你找少年。
>
> …………

后记

在秦岭脚下一个叫峡河的小山村，我度过了童年、少年和青年的大部分时光，而后是矿山谋生，大漠长风，荒地枯魂，最后是城市漂泊。我的生活是动荡的，即便是在困顿围城的乡村。

一九九九年至二〇一五年，矿山爆破十六年，从南疆到北疆，从青海到内蒙古，从太行山到长白山，从江西九江到广东韶关，地老天荒，日出月落，我早成失语的人。

二〇一六年，我才开始写一点儿散文。散文是什么？自觉实在一无所知。像我所有的诗歌一样，我写，是因为我有话要说，文字就是一道出口、一种释放，说出人世的悲欣、命运的幽微。

收录在本书里的文字，写作于二〇一七年到二〇一九年，是我对一些渐行渐远的时光的回望，一些因为不合时宜已被我舍弃了，其中围绕矿山展开的内容是我写给澎湃新闻《镜相》栏目的非虚构文章，它们显得参差斑杂，但并不相悖。

我写了大半辈子，只不过之前用生活和命运，之后用笔和心。无论是前者还是后者，我都是认真的。往事成尘，记下这些尘埃，是对自己，也是对时间的一点儿交代。从本质上讲，所有的文学都是挽歌，挽留西沉的落日，也挽留东去的泥沙。

　　在行文上，我想尽可能增加一些可读性，多一些信息量，因此有一些节外的枝叶、一些不合法度的疏散。世界从来不是纯粹的，呈现生活形态的文字也难免是繁缛的，我一直试图把一些东西打通。成与败，我也没能力判断，就交给读者吧！

　　特别感谢本书的责任编辑赵子源，是他的极力促成才有了这些文字结集面世的机会，感谢天津人民出版社和果麦文化，也特别感谢您，翻阅至此处的目光！

　　时间和命运长途中的同路人，彼此关照啊！

历史的建构
是献给
无名者的记忆

陈年喜

    陕西省丹凤县人，1970年生，从事矿山爆破工作十六年；数百首诗歌、散文、评论文散见《诗刊》《星星》《北京文学》《天涯》《散文》等刊物，出版诗集《炸裂志》，获第一届桂冠工人诗人奖；参与中央电视台《朗读者》《乡村大世界》、四川卫视《诗歌之王》等节目录制，纪录片《我的诗篇》主角，应邀到哈佛大学、耶鲁大学、哥伦比亚大学诗歌交流；其经历和作品被《人民日报》《中国新闻周刊》《环球人物》《北京日报》等多家媒体报道。

微尘

作者 _ 陈年喜

产品经理 _ 邵蕊蕊　　装帧设计 _ 郑力珲　　技术编辑 _ 丁占旭

责任印制 _ 梁拥军　　出品人 _ 李静

营销团队 _ 阮班欢　李佳　李欣爱

果麦

www.guomai.cn

以 微 小 的 力 量 推 动 文 明

图书在版编目（CIP）数据

微尘 / 陈年喜著. -- 天津：天津人民出版社，
2021.5（2024.11重印）
ISBN 978-7-201-17200-2

Ⅰ.①微… Ⅱ.①陈… Ⅲ.①散文集-中国-当代
Ⅳ.①I267

中国版本图书馆CIP数据核字(2021)第063621号

微尘
WEICHEN

出　　版　天津人民出版社
出 版 人　刘锦泉
地　　址　天津市和平区西康路35号康岳大厦
邮政编码　300051
邮购电话　022-23332469
电子信箱　reader@tjrmcbs.com

责任编辑　李佳骐
产品经理　邵蕊蕊
装帧设计　郑力珲

制版印刷　河北鹏润印刷有限公司
经　　销　新华书店
发　　行　果麦文化传媒股份有限公司
开　　本　880毫米×1230毫米　1/32
印　　张　9
印　　数　171 001—176 000
插　　页　2
字　　数　150千字
版次印次　2021年5月第1版　2024年11月第16次印刷
定　　价　58.00元

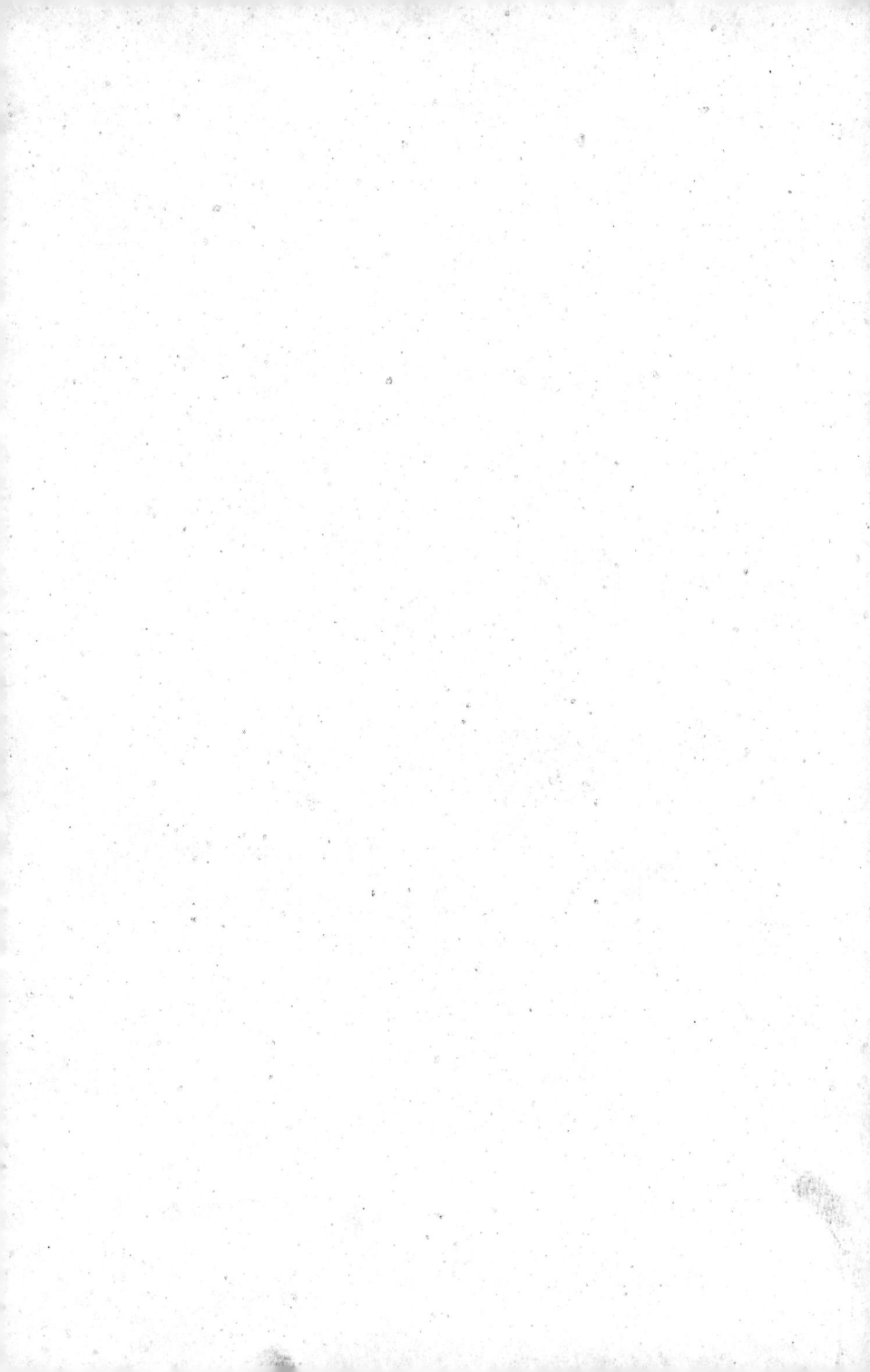